AF174769

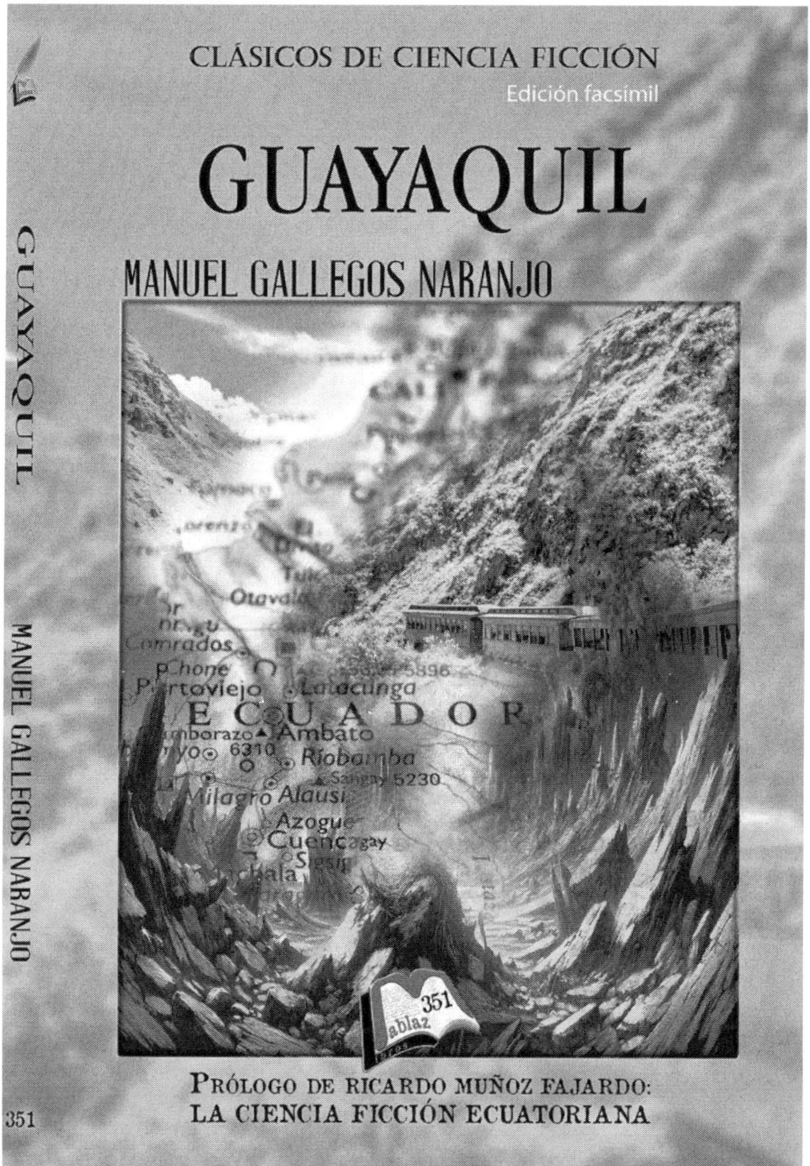

CLÁSICOS DE CIENCIA FICCIÓN
Edición facsímil

GUAYAQUIL

MANUEL GALLEGOS NARANJO

PRÓLOGO DE RICARDO MUÑOZ FAJARDO:
LA CIENCIA FICCIÓN ECUATORIANA

Ciencia Ficción y Fantasía - 125

Guayaquil: novela fantástica
Primera Edición, abril de 2024

© De esta edición, Libros Mablaz, 2024

Blogs:
Editorial Libros Mablaz
http://editoriallibrosmablazycienciaficcion.blogspot.com.es/
Ciencia ficción y fantasía en Libros Mablaz:
http://mablazlibros.blogspot.com.es/
Introducción a las obras de Libros Mablaz:
http://librosmablazextractos.blogspot.com.es/
Libros Mablaz en Facebook:
https://www.facebook.com/groups/530547690292189/
Tu Librería en Casa:
https://www.facebook.com/TuLibreriaEnCasa
Librería Crisis–Neogénesis:
http://www.todocoleccion.net/neog%C3%A9nesis_vendedorTC

Diseño de cubiertas: Mari Carmen López

Cualquier forma de reproducción, distribución, comunicación pública o transformación de esta obra solo puede ser realizada con la autorización de sus titulares, salvo las excepciones previstas por la ley.

ISBN: 78-84-128261-2-8
Depósito Legal: M-3858-2024

LIBROS MABLAZ - 351

GUAYAQUIL

NOVELA FANTASTICA

POR

Manuel Gallegos Naranjo

GUAYAQUIL—ECUADOR

1901

Imprenta Manabita

PRÓLOGO:
Ciencia Ficción ecuatoriana

La ciencia ficción ecuatoriana, como ocurre en general con todos los países hispanoamericanos, no ha tenido una repercusión desde antiguo, incluso ahora es una rareza en la mayoría de estas naciones, no en todas, acentuado en el caso de Ecuador por el hecho de la importancia que ha tenido en la historia literaria del país las tramas de rea-lismo social.

Acudamos, en primer lugar a la proto-ciencia ficción dada en el país. La que se considera su primera muestra es la novela utópica La receta, de Francisco Campos Coello, publicada por entregas en 1893 y como volumen completo en 1899. Este mismo autor escribió con posterioridad otras obras de este género, como es la inacabada *Viaje a Saturno* (1900), de claras influencias vernianas. Campos Coello también es prolífico en la redacción de relatos, agrupados en un solo libro titulado *Narraciones fantásticas*. Otro cuento corto de esa misma fecha es el titulado *Un viaje a pruebas*, de Alberto Arias Sánchez. De 1899 es el título *Dos vueltas en una alrededor del mundo: viaje imaginario en sentido opuesto al movimiento de rotación*, de Abelardo Iturralde G.

En antigüedad le seguiría la obra que tienen entre sus manos, Guayaquil. Novela fantástica (1901), de Manuel Gallegos Naranjo. La trama está basada en la figura del protagonista, un inca llamado Guayaquil –por lo que el título no tiene que ver, en principio con la ciudad de igual nombre–, un hombre riquísimo propietario de la empresa que ha trazado el tren mundial, que narra un futuro situado a finales del siglo XX.

Guayaquil acaba convirtiéndose en el presidente de un país próspero y de ideas liberales., en la ciudad ficticia de Bello Edén, capital en ese momento de Ecuador. La historia incluye un suceso natural, un terremoto que destruye la ciudad.

Volviendo al subgénero del relato, destaca la figura de Juan León Mera, que utilizó el seudónimo Pepe Tijeras, agrupados en un solo tomo con el título de *Tijeretazos y plumadas* (1904), que cuentan con un mismo protagonista, el doctor Moscorrofio, un remedo del doctor Frankenstein, con múltiples y descabellados proyectos en su mente, como son la creación de una máquina para escuchar hablar a las pulgas, es capaz de realizar un trasplante de cabeza y realiza una visita al infierno.

Hay que esperar un tiempo para rescatar de la literatura ecuatoriana otras obras fantásticas, hasta 1927, que es cuando Pablo Palacio saca a la luz el relato titulado *La doble y única mujer*, incluido en el libro *Un hombre muerto a puntapiés*, cuya protagonista es una mujer siamesa.

La ciencia ficción se populariza según va transcurriendo el siglo XX y vive una época dorada en la segunda mitad del mismo. En 1952, Juan Viteri Durand publica el opúsculo

Zarkistán, en la que se incluyen temas como son la telepatía y el contacto con alienígenas.

El género fantástico rara vez se adentra en el mundo del teatro, aunque eso es precisamente *R.U.R., Robots Universales Rossum*, de Karel Capek (1920), la primera obra en que se utiliza la palabra robot, que viene del idioma de su autor, una derivación del término trabajo traducido al español. De ese mismo año es, por poner un ejemplo porque existen varias obras teatrales sobre el género escritas en nuestro idiomas es 1945, comedia del porvenir, de Honorio Maura.

Todo esto viene a cuenta porque el escritor ecuatoriano Demetrio Aguilera Malta edita en 1954 *No bastan los átomos*.

En los años setenta, Carlos Béjar Portilla se convierte en un cuentista de tramas de ciencia ficción, como son *Simón el mago* y *Osa mayor* (1970) y *Samballah* (1971), con influencias de Ray Bradbury y Jorge Luis Borges.

Otros autores ecuatorianos de este fin de siglo fueron Alicia Yánez Cossío, que publicó

10

una serie de cuentos recopilados en *El beso y otras fricciones* (1975) y, a caballo entre el siglo XX y XXI, también ceñidos a los relatos cortos, destacan las figuras de Abdón Ubidia, escribidor de *Divertinventos. Libro de fantasías y utopías* (1989), *El palacio de los espejos* (1996), *La escala humana* (2008) y *Tiempo* (2015); Santiago Páez, que hizo sus primeros lances en la ciencia ficción con los cuentos recogidos en *Profundo en la galaxia* (1994). Luego le siguieron *Shamanes y reyes* (1999), *Crónicas del breve reino* (2006), *Ecuatox* (2013) y *Tiempo* (2015) o Fernando Naranjo Espinosa, con *La era del asombro* (1994) y *Cuídate de las coriolis de agosto* (2005) y la novela corta *Los custodios de la piedra* (2018).

Etcétera.

Ricardo Muñoz Fajardo

Manuel Gallegos Naranjo

Guayaquil: Novela Fantástica

Manuel Gallegos Naranjo

GUAYAQUIL

Novela Fantastica

1901

Imprenta "Manabita" No. 1042. Chile No. 41

Reminiscencias de la Creación.

Despertar recuerdos históricos, estacionados en el vasto campo del olvido, obra es meritoria.

Está en nuestro delante la *tradición*, legada por nuestros antepasados en las páginas de la memoria.

Las grandezas del mundo, esplendorosas, sin sombras ni misterios.

La ciencia, iluminada por la inteligencia y la verdad.

Tradicional es la civilización del mundo, en épocas lejanas; y acaso por esto, 960 años (A. de J.) exclamó Salomón:

—*Nada hay nuevo debajo del sol.*

En efecto, en las edades pasadas, hasta fines del Siglo XIX de la Creación, se realizaron miles de cosas, destructoras del mal y consiguientemente útiles para el bien de la humanidad.

Hoy, después de seis mil años de la Creación del mundo y dos mil años más de la *Era*

Cristiana, miramos sobre un sencillo túmulo el cadáver del Siglo XIX, amortajado con túnica negra y custodiado, en su derredor, por siete personajes, en cuyas frentes brilla esplendorosa la luz civilizadora del porvenir.

A esta brillantez debe el Siglo XIX la denominación de *Siglo de las luces.*

Los siete personajes se llaman: Simón Bolívar, Víctor Hugo, Juan Montalvo, Eduardo Jenner, Roberto Fulton, Samuel Morse y Alejandro Dumas.

Sin embargo: qué ha quedado de estos hombres para las generaciones de los tiempos futuros?

Cantidad pequeña de producciones halagadoras, en reducido número de imitadores!

Por esto, en presencia de la obscuridad que nos rodea, al surgir el Siglo XX, nos entristecemos!

Contemplamos los millares de millones de habitantes que tiene el mundo, y miramos, resaltantes, las siete sustancias mortíferas con que se suicida una gran parte de la humanidad: albayalde, virus, plomo, dinamita, tabaco, opio y alcohol!

Al mismo tiempo, antropófagos, exterminio de razas, epidemias, cadalsos, conventos, revoluciones y guerras, son siete manifestaciones odiosas que desmienten el progreso, la civilización y felicidad de la especie humana, cuya edad máxima de vida y crecimiento físico, han disminuido en más de la mitad, desde la Creación hasta el presente.

Dentro de siete mil años más, el hombre gigante tendrá siete pulgadas de estatura, siete días de vida y siete minutos de recuerdo imperecedero!

Hemos pesado en balanza siete elementos de vida moral, conquistadores de perfecciones humanas: fidelidad, honradez, caridad, amistad, verdad, gratitud y sentido común........

Peso de un grano de arena, señala el platillo!

En cambio, tienen peso de montaña la pena, el llanto, la desgracia, la bribonada, la crueldad, la soberbia, la avaricia, la lujuria, la ira, la gula, la envidia, la pereza, la hipocresía, la mentira, la ingratitud, la vanidad, el despotismo, la tiranía, la ignorancia y la insensatez!

Cubierto así de sombras lúgubres el porvenir, invadió nuestro espíritu la pesadumbre, derramamos una lágrima y llevamos el pensamiento á los primitivos tiempos de la Creación del mundo.

La Creación tiene por base la existencia de un Dios, naturaleza invisible, creador de la naturaleza visible: el Universo.

La historia dice que Dios hizo el mundo en seis días y descansó el séptimo.

Error histórico!

Dios no descansó.

En la noche del sexto día, después de haber fabricado cinco Continentes, llamados *Inca*, *Asia*, *Europa*, *Africa* y *Austral*, se rebelaron contra él siete espíritus de sus siete gerarquías de coros: Serafines, Querubines, Tronos, Dominaciones, Virtudes del Cielo, Arcángeles y Angeles.

Los rebeldes fueron: Luzbel, Lucifer, Satanás, Diablo, Demonio, Barrabás y Balcebú.

Esta rebelión le obligó á formar dos nuevos Continentes: *Firmamento*, en el polo Norte para sus fieles, y *Averno*, en el polo Sur para los rebeldes.

La distancia de Firmamento entre los cinco Continentes, la extendió á setecientas mil millas de hielo, y la de Averno á setecientas mil leguas, también de hielo.

Los primeros Continentes, sólo estaban separados unos de otros, por un río de setenta metros de ancho y setenta brazas de profundidad.'

Sobre estos ríos, los primeros pobladores fabricaron puentes de piedra, estableciendo entre los Continentes la comunicación fácil, que les permitió la realización de la igualdad universal del peso, la medida, el idioma, el valor del dinero, la ley, la religión y las costumbres.

La permanencia de Dios entre los hombres, duró setecientos años, al cabo de los cuales, díjoles:

—Mi patria me reclama: voy á separarme de vosotros!

Os entrego el mundo lleno de magnificencias y de amor.

Conquistad la civilización.

No hay palabra inútil.

La meditación produce grandezas.

Vientos huracánicos, no apagan la luz de un proyecto.

El instinto de un insecto, puede ser más poderoso que el razonamiento de un filósofo.

Observad los consejos que os dejo grabados en esta piedra.

Y Dios se trasladó á *Firmamento*.

La piedra contenía estos siete consejos:

Pensad en mí.

No hagais á otros aquello que no deseais para vosotros.

Sed Patriotas.

Sed Justos.

Sed Generosos.

Trabajad.

No seais ingratos.

Desde entonces el número *siete*, cabalístico, simbólico, ó sagrado, señaló numéricamente su influencia física y moral, en provecho de la humanidad; y los hombres comenzaron su tarea civilizadora, luchando contra los manejos de los rebeldes del Averno, introducidos ya en los cinco Continentes para ejercer todo género de males.

Pasaron siglos.

El Universo avanzaba hacia la perfectibilidad.

No era dudosa la conquista de la civilización.

Los rebeldes, sin embargo, no desistían de sus proyectos de destrucción, corrupción y muerte.

II

CIVILIZACION.

Casi al final del año 2.000 del Siglo XIX de la Creación, la ciudad de Bello Edén, capital de la República del Ecuador, era la más populosa y civilizada del mundo.

Destinada por Dios para residencia de la primera generación de seres humanos, Bello Edén fué en breve tiempo una ciudad hermosa y fecunda en todas las manifestaciones portentosas de la naturaleza, reveladoras de la suprema grandeza del Creador.

Tenía siete millones de habitantes, en una extensión de siete leguas de Norte á Sur y siete millas de Este á Oeste.

Estaba situada á la orilla derecha del río Edénico, y sus primeras casas fueron construídas en la falda de una colina que, desde 1944, tomó el nombre de *cerro de la gruta de oro*.

En la citada época de fin de siglo, el Universo contenía trescientos cincuenta millones de habitantes; correspondiéndoles setenta millones á cada continente, distribuídos en las siete Repúblicas de cada uno de ellos.

La definición geográfica de cada Continente, era la siguiente:

Inca.

REPÚBLICA DEL NORTE, capital *Arkansas*, con dos millones de habitantes.

MÉXICO, capital *México*, con cuatro millones.

CENTRAL, capital *Nicaragua*, con cuatro millones.

ECUADOR, capital *Bello Edén*, con siete millones.

PERÚ, capital *Cuzco*, con tres millones.

CHILE, capital *Quillota*, con tres millones.

BRASIL, capital *Janeiro*, con cuatro millones.

En varias ciudades, cuarenta y tres millones.

Asia

REPÚBLICA DEL JAPÓN, capital *Yedo*, con dos millones de habitantes.

CHINA, capital *Pekin*, con tres millones.

PERSIA, capital *Ispahan*, con dos millones.

TURQUÍA, capital *Bagdad*, con dos millones.

BIRMAN, capital *Ava*, con un millón.

INDOSTÁN, capital *Calcuta* con dos millones.

ARABIA, capital *Sana*, con un millón.

En varias ciudades, cincuenta y siete millones.

Europa

REPÚBLICA DE LA GRAN BRETAÑA, capital *Londres*, con cuatro millones de habitantes.

FRANCIA, capital *París*, con tres millones.

AUSTRIA, capital *Viena*, con dos millones.

ITALIA, capital *Roma*, con tres millones.

ESPAÑA, capital *Madrid*, con un millón.

RUSIA, capital *Petersburgo*, con tres millones.

GRECIA, capital *Atenas*, con dos millones.
En varias ciudades, cincuenta y dos millones.

Africa

REPUBLICA DE EGIPTO, capital *Cairo*, con dos millones de habitantes.

NUBIA, capital *Sennaar*, con dos millones.

ABISINIA, capital *Gondar*, con un millón.

MARRUECOS, capital *Maroc*, con un millón.

MOTAPÁ, capital *Zimboé*, con un millón.

TÚNEZ, capital *Túnez* con dos millones.

FELATAS, capital *Tombuctu*, con un millón.

En varias ciudades, sesenta millones.

Austral

REPUBLICA DE AUSTRALIA, capital *Sidney*, con dos millones de habitantes.

MALESIA, capital *Jara*, con un millón.

MELANESIA, capital *Jackson*, con dos millones.

MICRONESIA, capital *Bonin*, con un millón.

POLINESIA, capital *Hawai*, con un un millón.

TONGA, capital *Tongatabu*, con dos millones.

TAITÍ, capital *Otahiti*, con un millón.

En varias ciudades, sesenta millones.

El sistema de Gobierno, en los cinco Continentes, era el republicano, compuesto de siete Poderes en cada nación, bajo la dirección del Presidente Constitucional, al cual se le concedía la facultad del *Ejecútese*.

Estos Poderes tenían la duración de siete años, sin reelección. Su denominación era la siguiente: Presidencial, Popular, Civil, Tipográfico, de Policía, de Justicia y Militar.

La Religión, universal, era el Trabajo aconsejado por Dios y reglamentado por las leyes:

siete horas diariamente; tres por la mañana y cuatro por la tarde.

La moral, virtud sagrada, consistía, universalmente, en venerar siete divinidades, adorándolas por sus atributos.

Estas divinidades eran las diosas, Amistad, Verdad, Igualdad, Lealtad, Fidelidad, Honestidad y Caridad.

El año constaba de siete meses, conteniendo cada uno siete semanas de siete días cada una.

Los meses eran: Infantil (Enero), Juvenil (Marzo), Vigoroso (Abril), Florido (Mayo), Espléndido (Setiembre), Festivo (Octubre), y Excelso (Noviembre).

Los días de la semana se denominaban, lunar, electro, firme, pasivo, violento, solar y alegre.

El día tenía 24 horas, la hora 60 minutos y el minuto 60 segundos.

Las principales sustancias alimenticias, masticales, eran siete: carne de cabrito y de aves de corral, pescado, huevos, legumbres, queso, pan y frutas.

Las bebibles, también eran siete: agua, leche, caldo, té, chicha, cerveza y vino de uva.

Todas las bebidas alcohólicas, estaban declaradas mortíferas y prohibidas; y como esta prohibición databa de muchos años atrás, nadie se acordaba del coñac, del rón, del aguardiente, del pisco, del mallorca, del ajenjo y la ginebra.

La enseñanza en los Colegios y Escuelas, era laica y obligatoria. Niños y niñas que hubiesen cumplido siete años de edad, comenzaban sus estudios, sea cual fuere la clase social á que pertenecían.

Los maestros estaban obligados á instruir y educar.

Ambas nociones tenían carácter preparatorio y duraban siete años.

Terminado este período, correspondía á los padres y tutores secundar las inclinaciones de sus hijos y encargados, contribuyendo al éxito del oficio ó profesión por vocación elegido.

Las materias de estudio para hombres y mujeres, eran siete: gramática, aritmética, geografía, historia, porte social, catecismo del trabajo y catecismo de virtudes.

El idioma universal era el *Quichua*.

Siete eran las causas principales que propendían á la felicidad de la especie humana: buen gobierno, costumbres intachables, paz del hogar propio esfuerzo, amor al trabajo, honradez y liberalidad.

También eran siete los elementos poderosos que contribuían, de una manera resaltante, al embellecimiento, moral y material del universo: la imprenta, la electricidad, el vapor, la gimnasia, la riqueza mineral, la producción agrícola y la panacea azul, eficaz para la curación de todas las enfermedades.

El más usual de estos elementos era la electricidad, aplicado á millares de objetos, con éxito satisfactorio.

Ciencias, literatura, artes, comercio, agricultura, profesiones y oficios, tenían el sello de la perfectibilidad.

Las Empresas ferrocarrileras eran innumerables, cruzándose las vías férreas en todas direcciones. La más notable era la del ferrocarril universal, directa, cuya oficina principal estaba establecida en la ciudad de Bello Edén.

Esta Empresa estaba constituída por un sindicato de siete millonarios, dueños de setenta acciones, de trescientos millones de pesos cada una.

El principal accionista, poseedor de veinte acciones, era el sabio y millonario inca Guayaquil, último Presidente Constitucional de la República del Ecuador: legislador; poeta; pintor; músico; descubridor del vapor, de la electricidad y dirección del globo aéreo; inventor del pararrayo, de la navegación submarina, rayos catódicos, fotografía en colores, telégrafo terrestre y marítimo, teléfono, fonógrafo, *visitógrafo* y electro—locomotora, cuya velocidad era de setecientas millas por hora.

Al mismo tiempo había resuelto estos siete grandes problemas, cuya investigación era tenida como imposible: la piedra filosofal, el movimiento perpetuo, la superficie plana, la cuadratura del círculo, la panacea universal, la vida del alma en ultra—tumba y la adivinación de los pensamientos perversos del cerebro humano.

Además, Guayaquil estaba reputado como el más ilustre ciudadano del mundo, cuya sabiduría había realizado estos siete beneficios: la extirpación de las epidemias, el desarrollo de la salud, la inutilidad de la guerra, la paz universal, el embellecimiento material de las grandes ciudades del mundo, la satisfacción de la vida y la impotencia de los reveldes del Averno.

Las grandes ciudades de los Continentes, estaban llenas de hombres ilustres y mujeres virtuosas y bellas.

La juventud de ambos sexos, sin vicios ni defectos morales, en todas las clases sociales, era recomendable.

La vigorosidad de la vida del hombre se desarrollaba á los setenta años de su edad, y su vejez, señalada setenta años después, era cariñosa y seriamente respetada.

Los templos, palacios, teatros, circos, hipódromos, pasajes y edificios públicos, eran sun-

tuosos, construídos á todo costo y con resaltante
gusto arquitectónico.

Las plazas y las grandes Avenidas estaban
llenas de estatuas de personajes ilustres, perpe-
tuados en el bronce por cualquiera de una de
estas siete causas: ilustración vasta, valor heróí-
co, virtud afamada, patriotismo comprobado, fi-
lantropía, grandes inventos y perfecciones científicas.

Justamente con todas estas demostraciones
civilizadoras que hemos citado, la Naturaleza, de
suyo fecunda en ricas producciones y bellezas,
deleitaba á la humanidad con estas siete maravillas:

Primera—una *aurora boreal*, diariamente
ostensible en la celeste esfera de la ciudad de
Pekín.

Segunda— millares de *arcoiris*, vespertinos,
diariamente visibles en el azulado cielo de la ciudad de París.

Tercera—la gran *catarata del Niágara*, en
la República del Norte.

Cuarta—en la República del Ecuador, la
gran montaña llamada *Chimborazo*, cubierta de
hielo desde su base hasta la cumbre, y cuya
altura era de setenta mil pies sobre el nivel del
mar.

Quinta—la *vasta tersura* del mar Pacífico,
sin olas embravecidas.

Sexta—el *jardín fluvial* de bellísimas flores,
gigantescas, en el fondo del río Edénico, cuyas
aguas, cristalinas, permitían contemplarlo desde
el muro del Malecón de la ciudad de Bello
Edén.

Sétima—el *árbol cocinero*, en el valle de Jau-
ja, perteneciente al Perú. Medía setecientos metros de altura y sus ramas frondosas, una circun-
ferencia de ciento setenta. Diósele el nombre de

árbol cocinero, porque bastaba hacerle una pequeña sangría á cualquiera de sus ramas para obtener, bien guisados, siete potajes, apetitosos: ajiaco en salsa de roçotos, chupe de camarones, seco de cabrito, *seviche*, biftec á la minuta, pan de sal y mazamorra morada. Las personas muy pobres y los *gorrones*, eran las únicas que se alimentaban de aquel árbol; pues era punto de honor ganarse el sustento por medio del trabajo.

Nada había ya que inventar, ni qué desear; y á fines de Espléndido, del año 2000, leyes sabias, paz, libertad, riquezas, buena alimentación, salud y alegrías, claramente demostraban que la conquista de la civilización estaba realizada.

III

Cerro de la gruta de oro.

El 7 de Infantil de 1944, la goleta *Voladora*, propiedad del millonario Leunam, zarpó del puerto de Bello Edén, con dirección á la isla de la Plata, en donde el citado tenía establecida una oficina destinada á la compra de perlas finas.

Las personas que iban en la goleta eran siete: el millonario, un piloto, un cocinero y cuatro marineros.

Desgraciadamente, á los diecisiete días de navegación, y ya con pocas horas restantes para el término del viaje, se incendió rápidamente la goleta; quedando unicamente sobre la superficie de las aguas un marinero, diestro nadador, el cual pudo arribar á las playas de la isla después de siete horas de angustiosa natación.

Al día siguiente, el mismo marinero salió de la isla para Bello Edén, en la balandra *Electra* y dió la noticia del incendio de la *Voladora* y muerte del millonario y tripulantes.

Esta noticia, tratándose de un personaje como Leunam, millonario y protector de pobres, cundió sensacional y rápida en toda la ciudad.

Leunam era bastante conocido en la sociedad por su cuantiosa fortuna, adquirida, ya como antiguo poseedor de *La Inagotable*, rica mina de oro, ya por su dedicación, últimamente, al negocio de compra y venta de piedras preciosas y perlas finas.

La cantidad de millones de pesos que poseía era ignorada, y algunas personas la calculaban en cien millones y otras en setecientos. Pero, debía ser mayor, puesto que uno de sus antiguos empleados, aseguraba que el mismo Leunam le había manifestado el proyecto de establecer, por sí solo, una empresa de locomoción caballuna, en camino de herradura, desde Bello Edén hasta el Niágara, adonde indudablemente concurrirían, anualmente, más de setenta millones de viajeros á contemplar la *catarata*, clasificada tercera maravilla de la Naturaleza: negocio, añadía, que lo haría *billonario*.

Efectivamente, la realización de una empresa semejante, suponía un costo de más de siete mil millones de pesos.

Pero, en donde estaban esos millones, cuando eran pocas las propiedades que se le conocían?

En la actualidad, únicamente poseía una casa de tres pisos en la calle del *Fango*, cuya planta baja la ocupaba con siete personas de su servidumbre: un tenedor de libros, dos amanuenses, tres pajes y un cocinero. Los dos pisos altos los tenía cedidos, gratis, á siete familias pobres.

Otra casa pequeña que le había pertenecido, ubicada en la mitad de la colina de Bello Edén, hacía cosa de un año habíala obsequiado á su amigo Guayas, esposo de la bella joven Quil, añadiendo al obsequio dos cheques, valor de quinientos mil pesos cada uno, como regalo de boda.

Tampoco se ignoraba que su rica mina de oro, *La Inagotable*, la había vendido; así como era del dominio público por información del mismo Leunam, ser huérfano de padre y madre, desde muy niño, y no tener tíos, primos, hijos, ni parientes de ninguna clase.

Así, pues, no teniendo Leunam heredero forzoso, su fortuna le correspondía al Gobierno, de conformidad con el artículo 7°, inciso 7° de la ley de capitales sin herederos, que dice: sea cual fuere el capital, en dinero, alhajas y fincas, dejado por persona fallecida, sin heredero forsoso, pertenece al Gobierno.

Con tal motivo, sin pérdida de tiempo, se procedió al inventario de los bienes del difunto, obteniéndose el resultado siguiente:

Dinero efectivo, depositado en el *Banco del Buen Crédito*.... Sɲ.		1.000,000
Dinero efectivo en la isla de la Plata para compra de perlas.	«	40,000
Dinero efectivo en siete Zurrones de cuero	«	70,000
Valor, casa calle del *Fango*.	«	60,000
Valor de muebles y enseres	«	10,000
Valor de dos diamantes, avaluados en	«	11.680,000
Valor de setenta perlas finas, cada una avaluada en dos mil pesos	«	140,000
Suma total .... Sɲ.		13.000,000

—Vaya!— dijo el Escribano de Hacienda, actuario en las diligencias del inventario—No es oro todo lo que reluce!..... ¡Trece millones!...... ¡cuando suponíamos setecientos millones!.... ¡qué chasco!

—Señor, Escribano;—replicó su amanuense—cuando era yo escribiente del señor Leunam, lo sorprendí un día en su habitación, solo, hablando en voz alta, y alcancé á oirle estas siete palabras:. *y veintiocho mil más en la gruta.*

—Ah! eso quiere decir que habrá depositado en alguna gruta, veintiocho mil pesos.....

—Y por que no millones?

—No, millones, no; porque fué *mil* la palabra que tú escuchaste, verdad?

—Puedo jurarlo.

Pues, no hay más qué decir; son veintiocho mil pesos; y alégrate.

—Que me alegre?

—Sí; porque tanto tú, como yo, ó cualquiera, puede ser dueño de ese dinero, encontrando la gruta. La ley de minas, vigente, —añadió el Escribano—en su artículo 7º inciso 7º, dice: los depósitos de dinero, joyas y otros objetos de valor, hechos en huacas, cavernas, sotos y grutas, pertenecen de hecho al que los encuentra; sin diligencia judicial de adquisición.

—Oh! qué gusto, señor Escribano; catorce mil pesos para usted y catorce mil para mí.....

—Bien, muy bien: pero, dime; encontraremos el depósito?

—Pues no? Cavando la tierra hasta siete metros, en las habitaciones que ocupaba el señor Leunam, encontraremos el dinero.

—Bah! Bah! Aun cuando cavásemos allí, siete mil metros, no lo hallaríamos.

—Por qué no?

— Porque el millonario no dijo huaca, caverna, ni soto; dijo gruta; y las grutas, naturales ó artificiales, son concavidades hechas entre peñascos y riscos·

—Tiene usted razón. La gruta debe estar en la colina, á espaldas de la casa que le perteneció al millonario.

—Acertaste!

Y tanto el Escribano y su amanuense, como el Gobierno y más de setenta Empresas particulares, diéronse á buscar la gruta en la colina de Bello Edén: gruta que suponían llena de oro, por haber explotado Leunam, *La Inagotable*, durante muchos años.

En fin, fué lo cierto que en siete meses de constante escavaciones, no dieron con la gruta y las Empresas suspendieron sus trabajos; quedándoles para recuerdo, el nombre de *Cerro de la gruta de oro*, dádole desde entonces á la colina.

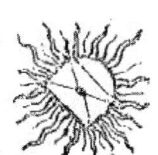

IV

BELLO EDEN.

Durante cincuenta años, desde 1930 á 1980, la ciudad de Bello Edén estuvo dominada por los siete rebeldes del Averno, cuyas maquinaciones infernales propendían á hacerla desaparecer de la carta geográfica del mundo.

Progreso, independencia, libertad, orden, moralidad, honradez y virtud, eran siete demostraciones civilizadoras, relegadas al olvido y sustituidas por otras siete, imperantes, ejercitadas por cada uno de los rebeldes. Lucifer estaba encargado del retroceso, Luzbel de la opresión, Diablo de la esclavitud, Demonio del desorden, Barrabás de la inmoralidad, Belcebú de las bribonadas y Satanás de los vicios.

En los siete barrios en que estaba dividida la ciudad, con una totalidad de cuatro millones de habitantes, apenas un siete por ciento de personas eran buenas, honradas y virtuosas: lo restante era un semillero de vicios y de crímenes horribles, alentado y vigorizado por la impunidad, la desvergüenza y el cinismo.

De modo que, aun cuando Bello Edén era la ciudad más populosa del mundo, París, Lon-

dres, Pekín y otras ciudades, estaban mejor-
mente organizadas y civilizadas.

Los siete personajes, encargados de la Presidencia Ejecutiva, en un período de siete años
cada uno fueron por sus vicios y crímenes,
autores de innumerables calamidades y desgracias.

El instintivo de cada uno de ellos, en orden de sucesión, fué el asesinato, la intriga,
el juego, la tiranía, la crápula, el robo y la
bellaquería.

Los odios políticos, entre *conservadores* y
liberales, motivaban contínuas revoluciones y
guerras, las cuales, en resumen, conquistaban
para los vencedores el descrédito de la República, visiblemente encaminada á la barba-
rie.

La pena de muerte para los delitos co-
munes, estaba abolida: tenían los criminales, como ley salvadora, la impunidad.

Se fusilaba únicamente por causas políticas, en las plazas públicas y en el Malecón,
á los enemigos del Gobierno, declarados conspiradores.

La sociedad, dividida en *primera clase,
clase media* y *gente del pueblo*, vivía en constante lucha escandalosa, entre sí y entre unas
y otras.

Para remate de males, los rebeldes del
Averno *sesionaron* y resolvieron introducir siete plagas, asquerosas, de insectos dañinos y
mortificantes; y cuya propagación obligó al
Gobierno á tomar medidas enérgicas para su
extirpación. Estas plagas fueron de piojos, pulgas, chinches, zancudos, alacranes, cucarachas
y niguas. Su duración fué de siete meses, en
cada período Presidencial; debiéndose su extirpación á la sabia disposición del Jefe del Esta-

do, que decretó el pago de setenta pesos por cada ciento de insectos, vivos ó muertos, presentados á las Tesorerías fiscales de la República.

La prensa estaba amordazada. El único periódico circulante era la *Gaceta Oficial*, contraido á ensalzar todos los actos administrativos del Gobierno.

También es cierto, que la supresión de los periódicos por la imposición del Gobierno, la había aplaudido la sensatez, fundándose en las inmoralidades, barbarismos gramaticales y figuras indecentes, publicadas y estampadas en todos ellos.

El Trago, La Cáscara, El Mamón, La Pantorrilla. El Mordisco, Los Pelos, y El Pipón, diariamente publicaban noticias sensacionales de adulterios, raptos, violaciones y otras inmoralidades de la laya. Al mismo tiempo, en *campo neutral,* se insertaban asuntos de la vida privada de infinidad de familias, cuya honorabilidad, puesta en tela de juicio, difícilmente recuperaba su limpidez y buena fama. ——

Además, el *modernismo,* estilo de periodistas bohemios, demostraba estar reñido con la gramática, cuyas reglas son inmejorables para hablar y escribir con propiedad.

Así, desconocida, olvidada ó rechazada la gramática, inventaban frases hiperbólicas, engarabintintanguladas; extemporáneamente intercalaban trozos que llamaban *latinos;* y convertían los sustantivos declinables, en verbos de conjugación chistosa.

Invención de los bohemios fué aquella de *sesionar, rumorear y banquetéar;* la cual dió permiso, digámoslo así, para que los panaderos dijesen que estaban *panadercando;* los sastres, *sastreando;* los concurrentes al teatro, *teatrando;*

los recogedores de basuras, *basureando*; y los médicos, *mediqueando*.

También eran notables en los periódicos las faltas ortográficas, comprometedoras de la reputación de los literatos: faltas que se pudo haber evitado por medio de inteligentes correctores de pruebas. A este respecto, citaríamos infinidad de palabras y nombres, incorrectamente escritas; pero, creemos bastará la reproducción del siguiente suelto, publicado en *El Mordisco:*

«A las siete de la noche del día de ayer, la *bella* señorita, *Ortencia* Paladares, abandonó su *domisilio*, raptada por el *joven Eléodoro* Requesón; pero á poco rato el Jefe de Pesquisas atrapó á los fugitivos y los condujo á la Policía. *Provablemente*, hoy se les cantará la *pistola* y.....quedarán casados.»

Tenemos, pues, en un pequeño párrafo, siete palabras defectuosas, resaltantes por su ortogafía. Debió escribírselas de esta manera: bella Hortensia, domicilio, joven, Eliodoro, probablemente y epístola, no *pistola*, como aparece por la supresión de la letra *e* y del acento sobre la *í*.

Y luego .... ¡qué chuscada, al final! Cantarle á los novios la pistola, es cosa que provoca risa.

La epístola aludida, no era otra que la lectura de la inscripción matrimonial, anotada en el libro del Registro Civil.

El matrimonio lo constituía el pacto de unión verificado entre los contrayentes, con siete años de duración, renovable, ó sin validez, en cualquier tiempo, á solicitud de cada una de las partes ó por mutuo acuerdo de las mismas.

Relajadas las costumbres y perdido el criterio por efectos del desorden social y apogeo de vicios, á satisfacción de Satanás, los pactos de unión conyugal ofrecían la particularidad de un despropósito, generalizado: mujeres de setenta años de edad, celebraban pacto de unión matrimonial con varones de veinte años, y varones de setenta años con señoritas de diecisiete. De modo que, en uno y otro caso, los resultados eran semejantes: rompimiento de contrato por celos y comprobación de infraganti delito......

Los siete templos, distribuídos en la ciudad para la adoración de las divinidades, por sus atributos, estaban abandonados.

La ciudad carecía de teatros. Las únicas distracciones públicas, verificadas en los patios espaciosos de algunas casas, eran las *maromas* y los *títeres*.

Las retretas, dadas por la banda de música del batallón *Tantasmuelas*, á la Presidencia Ejecutiva, los días Alegres, eran poco concurridas.—Para oir música detestable, prefería el pueblo, en las *picanterías*, divertirse bailando ¡alza, *que te han visto!* al compás de la guitarra y de coplas verdes, cantadas á dúo.

Los juegos de azar y la introducción de bebidas alcohólicas, estaban prohibidos; pero la ley era letra muerta para los encargados de hacerlas cumplir, y más aún tratándose de asuntos especulativos, favorables á los empresarios de garitos y contrabandistas, á medias en participación de utilidades con las autoridades.

Cerrado los Colegios y Escuelas por no haber dinero para el pago de profesores, á quienes se les debía su sueldo de muchos meses, la vagancia y el desenfreno de la juventud masculina, horripilaba.

La Policía, escasa en número de hombres para el desempeño de tan importante ramo, se concretaba únicamente al espionaje político, ordenado por la Presidencia Ejecutiva.

De ahí que la ciudad, sin canalización y consiguientemente sin desagües, con focos de inmundicias en las calles, aguas pútridas en los patios de las casas, basuras, desperdicios y otras porquerías arrojadas por la noche en las playas concheras del río, presentaba un aspecto triste y daba lugar á la aparición y desarrollo de epidemias alarmantes.

Los nombres de las calles tenían la originalidad de lo ridículo: una se llamaba calle *de los Trapitos*, porque en ella amanecían trapitos viejos y sucios, de todo uso: otra, calle *de Cangrejito*, porque en varios charcos lodosos se habían encontrado unos cuantos crustáceos de esa especie; calle *del Fango*, por lodazales que en ella abundaban, calle *de la Culebra*, porque en ella le habían dado muerte á una muy grande, de las llamadas *rabo de hueso*; calle *del Resbalón*, porque en ella, la esposa de un alto personaje, pisó una cáscara de mango, resbaló, cayó y se rompió una pierna. Otras calles, en fin, como la *del Cuerno, del Peso viejo, de la Patada, del Gato y del Diablo*, tenían igualmente historias, análogas á sus nombres.

Ninguna de las calles que hemos citado estaba empedrada. Esta mejora sólo existía en la calle *de las Musarañas*, segunda del barrio central, y en la *del Malecón*, correspondiente al mismo barrio.

El alumbrado, en pocas calles de la ciudad, era escaso y pésimo. Se usaba el aceite de ballena, en candilejas metidas dentro de un gran farol. Las noches de luna, la economía de aceite era utilidad, pequeña, pero positiva para el rematista del ramo de alumbrado.

Por último, hacía cosa de un año que la Presidencia Ejecutiva la ejercía por usurpación, un hijo del pueblo, carnicero de oficio, á cuya autoridad se había sometido la sociedad, tratando de evitar, como medida política, prisiones, confinios, destierros y cadalsos!

Bello Edén, pues, en 1980, era una calamidad, una ruina, encaminada próximamente á su total desaparición, con gran contentamiento y satisfacción de los siete rebeldes del Averno.

V

Infancia de Guayaquil.

Pocos días después del primer aniversario del fallecimiento de Leunam, esto es, el 26 de Juvenil de 1945, la bella joven Quil, esposa del respetable inca Guayas, dió á luz un hermoso niño; y tanto á la madre, como al padre, al médico y la partera, en pocos momentos los dejó siete veces asombrados, con las siguientes particularidades:

Había nacido de pie.

En vez de llorar, al nacer, había reído.

Medida su estatura, tenía setenta y siete centímetros.

La cabecita, en vez de tenerla pelona, estaba cubierta de abundantes cabellos color de oro.

Los ojos, en vez de ser pardos como los del padre, ó negros como los de la madre, eran azules, grandes y rasgados.

Fajado por la partera y acostado, el niño se volvió de medio lado.

Por último; al preguntarle á la madre, la partera, qué nombre iba á darle al niño, el chiquitín abrió la boquita y con voz armoniosa exclamó:

—GUAYAQUIL!

—Qué cosa más rara! — exclamó la partera— El niño ha hablado; ha pronunciado su nombre!

—Sí; — añadió la madre, tomando en sus brazos al niño y besándolo gozosamente —has hablado, hijo mío; qué portento ¡oh! habla otra vez y dime que quieres mucho á tu mamá y á tu papá.

Pero el niño guardó silencio.

—Verdaderamente, — dijo el inca Guayas — todo esto es prodigioso.

—Algo más; —añadió el médico —las siete particularidades de este niño, son simbólicas.....

—Simbólicas?

—Sí: los niños que nacen de pié, son dichosos y felices.

Con su risa, ha expresado contento y satisfacción de la vida.

Su estatura, explica crecimiento y grandeza de acciones benéficas.

Su abundante cabello color de oro, indica que será inmensamente rico.

El color azul de sus ojos, expresa vasta ilustración.

Su acción de haberse vuelto de medio lado, da á conocer que desprecia las tentaciones malignas de los rebeldes del Averno.

Y en cuanto á su voz, sonora, diciendo que se llama GUAYAQUIL, el símbolo está perfectamente claro: la trompeta de la Fama, dará á conocer en todo el Mundo los beneficios que realizará, en provecho de la humanidad.

—Oh! Doctor; —dijeron á un tiempo los padres del niño—que tenga usted boca de ángel.

La partera, nada agregó; pero su asombro estaba perfectamente retratado en su semblante. Llamábase Natalia Manso y era íntima amiga de la joven Quil. Casada á los diecisiete años de su edad, con Don Camilo Quijadas, y viuda, sin hijos, al año tercero de su matrimonio, estudió obstetricia, hasta ejercer su profesión, con título legítimamente concedídole por la facultad médica del país. En la actualidad tenía veintisiete años de edad, y la inscripción de su segundo matrimonio con el médico allí presente, estaba fijada para el día 49 de Excelso de aquel año.

El Doctor Tomás Daniel Raigones, médico y cirujano, especialista en partos, tenía treinta años de edad, pertenecía á una familia decente de Bello Edén y también era íntimo amigo de la familia del capitalista Guayas.

Al día siguiente, nadie ignoraba en Bello Edén el nacimiento de Guayaquil, con todos sus detalles. El periódico, titulado, *El Trompetero*, redactado por el célebre periodista Don José Polainas, publicó en gacetilla el siguiente suelto:

"En la tarde del día de ayer, la bella señora Quil, esposa de nuestro amigo el millonario Guayas, dió á luz un hermoso niño, el cual, desde que se presentó á la vida, fué objeto de notables y asombrosas particularidades. Estas particularidades, si bien no tienen carácter fenomenal, permiten que se las juzgue misteriosas: el niño ha nacido de pie, ha reído, se ha acostado de medio lado, tiene la cabeza cubierta de cabellos rubios, los ojos son azules y no pardos como los del padre, ó negros como los de la madre; mide setenta y siete centímetros desde los pies hasta la cabeza, y ha hablado, diciendo que quiere llamarse Guayaquil. Este caso, pues, de alumbramiento, *suigéneris*, lo presenciaron el sabio médico Doctor Tomás Daniel Raigones y la partera Doña

Natalia Manso, quienes asistieron á la parturién-
ta."

Transcurridas siete semanas, numerosa comitiva compuesta del inca Guayas y su esposa, Guayaquil y la cargadora, el padrino, la madrina,
dos testigos y setenta convidados de uno y otro
sexso, salió de la casa del cerro de la gruta de
oro, con dirección á la oficina de Registro Civil
para verificar la inscripción del niño, prescrita
por la ley.

Llegado que hubo la comitiva, se procedió
á la inscripción, anotándose en el libro el sitio,
fecha del nacimiento, nombre y señales físicas
del niño; además, el nombre del padre, el de la
madre, padrino, madrina, dos testigos y cargadora. Estas siete personas, por orden de anotación
debían firmar en el libro la partida de inscripción, certificándola el Juez anotador para su validez.

Así se hizo, en efecto; pero al tocarle su
turno de firmar á la cargadora, ésta acosto á
Guayaquil sobre la mesa en que despachaba el
Juez y dijo:

—No sé escribir.

En aquel momento el silencio era solemne
y todos escucharon la voz del niño, dirigida á la
cargadora, diciendole:

—Toma la pluma y firma.

El asombro producido por tan sorprendente
y raro suceso, estaba notablemente retratado en
el semblante de los concurrentes.

La cargadora, en tanto, sin que le temblase
la mano, tomó la pluma y escribió su nombre en
el libro.

El Juez, certificó la partida.

El ruído inmediatamente producido por las
voces y las exclamaciones de los concurrentes,
fué tremendo.

La madre había tomado en sus brazos al niño y decía:

—Ha repetido el prodigio; ha hablado nuevamente; oh! mi hijo del alma;—y lo cubría de besos.

—Esto,—dijo la madrina—es misterioso.

—Parece cosa de brujería; añadió uno de los testigos.

—Si no lo hubiese oído, diría que me cuentan una fábula.

—En este asunto anda Lucifer.

—O todos los rebeldes.

—El milagro está patente.

—Esta es cosa que sólo Dios puede disponerla.

—Señores;—exclamó el padre del niño—un momento de silencio.

Y dirigiéndole la palabra á su amigo Raigones, díjole:

—Doctor; usted fué testigo de la primera vez que habló mi hijo. ¿Puede usted explicarme la causa de la repetición del prodigio?

—Oh! mi amigo,—respondió el médico—para la ciencia, el caso no es ni fenomenal, ni prodigioso. Todo consiste, en que el niño tiene perfectamente desarrollados los siete sentidos corporales......

—Doctor;—dijo el Juez, acercándose al médico—perdone usted que lo interrumpa: los sentidos corporales son cinco y no siete, como acaba usted de decir.

—Señor Juez;—replicó el médico—entiendo por sentido, la potencia que le es propia á ciertos órganos corporales para trasmitir á la mansión del alma las impresiones de los objetos exteriores que le permiten ver, oír, oler, gustar, tocar, hablar y pensar. En rigor, señor Juez, deben ser cuatro los sentidos: ver, oír, oler y tocar pero, aceptado el gusto como sentido, no hay razón para excluír la potencia facultativa de la lengua para hablar y la del cerebro para pensar.

—Bravo!• Bravo!—exclamaron, á una voz, más de veinte personas.

—Bravo! Bravo! repitió el Juez, añadiendo—Me rindo, señores, aceptando las razones del Doctor, expresadas con sabiduría y elocuencia.

Aquí dióse por terminada la inscripción; y la comitiva, con más el Juez, también invitado, regresó á la casa del cerro, en donde setenta personas más la esperaban.

Media hora después, libada la primera copa de cerveza, la madrina y el padrino repartieron medallas de oro, ramilletes de flores y cajas de dulces.

La segunda copa fué de excelente chicha de jora: deliciosa bebida que el día anterior la Presidencia Ejecutiva le había regalado á su amigo Guayas, enviándole siete barricas, conteniendo cada una catorce galones. Esta chicha, sabrosa por su calidad, también tenía la recomendación de haber sido fabricada por la familia del Presidente de la República; pues no era mal visto, en aquella época, que señoritas de buena sociedad se dedicasen á la fabricación de bebidas y comidas, que por el sólo hecho de ser fabricadas por *tan preciosas manos*, eran inmejorables.

De ahí la exquisitez y fama de las *tortillas de maíz* y *chiricanos* de las Cocodrilo; las *rosquitas* de las Ligero; el *champús* de las Congo; las *ayacas* de las Talamoco; los *yapingachos* de las Molinete; y la citada *chicha de jora* de las Testarudo.

Después de la segunda copa, la banda de música del batallón *Robustobrazo*, tocó una cuadrilla de lanceros, con la cual comenzó el baile.

Luego, entre copa y copa de cerveza, helados y dulces, continuó el baile, terminando la fiesta á las doce de la noche.

Al día siguiente, publicó *El Trompetero* lo que sigue:

"Anoche, á las 7 p. m., se verificó la inscripción del niño Guayaquil en el libro de Registro Civil. Presenciaron el acto más de setenta personas invitadas, las cuales fueron testigos del repetido prodigio, realizado por el chiquitín; imponiéndole con voz sonora á su cargadora, que firmase la partida, por haber dicho ésta que no sabía escribir.

El hecho, en sí, más que prodigioso, es misterioso; y le habríamos negado la verdad, sino hubiésemos escuchado la voz del niño, como la escuchamos, invitada nuestra humilde personalidad á la ceremonia.

Desde luego, la voz del recién nacido, repetida en el momento de su inscripción, expresa desarrollo prematuro de elocuencia y nos hace suponerle brillante porvenir y glorias imperecederas.

Terminada la inscripción, regresamos á la suntuosa casa de nuestro amigo Guayas, en la cual bebimos, comimos y bailamos y los padrinos tuvieron la amabilidad de obsequiarnos valiosas medallas de oro, preciosos ramilletes de flores y delicados confites.

La fiesta terminó á las doce de la noche. Hora en que nos retiramos, bajo la grata impresión de regocijos inolvidables.

El crecido número de personas invitadas, no nos permite recordar los nombres de todas ellas; pero, de uno y otro sexo, citaremos los siguientes:

Señoras: Felipa de Testarudo. — Elisa de Esparadrapo, madrina del niño. — Marcelina de Caaletes.—Eufrasia de Estornudo—Encarnación e Punpuñete.—Serapia de Lomofrito—Filomena e Cocodrilo—Natalia Manso, viuda de Quijadas.

Señoritas: Chana y Manonga Testarudo—Tula y Concha Canaletes—Pancha y Petita Sopladas—Chinta Disparate—Pepa Lomofrito—Lucha y Meche Esparadrapo—Chomba Picadura—Lola y Catita Ligero.—Antuca y Paquita Cocodrilo—Gabucha y Carmela Congo—Chepita y Chabela Molinete.

Caballeros: Juan Testarudo, Presidente de la República—Jaime Esparadrapo, padrino del niño. Ricardo Estornudo—Pánfilo Mocoso—Pedro Claveteado—José Polainas—Tomás Daniel Raigones—Rigoberto Calcetines—Julio Planchado—Carlos Pedigüeño—Luis Orégano—Eduardo Fregado—Eliodoro Sonajas."

La casa del cerro de la gruta de oro, regalada por Leunám á Guayas, no era ya la misma. Su nuevo dueño la mandó desbaratar y en el mismo sitio hizo fabricar otra, á todo costo, con capacidad para una familia de veinte personas, pues había recogido en su hogar á sus hermanos Quito y Ambato, viudos, cada uno de estos con siete hijos: siete mujeres del primero y siete varones del segundo.

La casa tuvo un costo de trescientos setenta mil pesos, inclusive el valor del mueblaje, lujoso y de buen gusto.

Sus íntimos amigos, el Doctor Raigones y Natalia, los visitaban frecuentemente y los habían elegido padrinos de su inscripción matrimonial, fijada para el día 49 de Excelso de aquel año.

Guayaquil continuaba desarrollándose, física y moralmente. Desde el 7 de Festivo, esto es, á los tres meses y días de nacido, comenzó á caminar y hablar, y á fines de mes dábale á todas las cosas sus nombres, sin equivocarse, con fácil pronunciación. Por su estatura de 117 centímetros, parecía ya un niño de siete años de edad.

La madre, con motivo de tan visible desarrollo, comenzó á darle lecciones de lectura, caligrafía y aritmética, en cuyos ramos hizo rápidos progresos. En menos de siete horas conoció todas las letras del alfabeto y los números arábigos, dibujándolas perfectamente en la pizarra. Después, en cosa de siete semanas, Guayaquil leía bien, escribía el quichua con ortografía y sumaba, restaba, multiplicaba y dividía con rapidez.

Sus amiguitos eran muchos, en razón del crecido número de familias que visitaba su casa; pero, para él, su mejor amigo era el médico, ya por los dulces, juguetes, libros y otros objetos que le regalaba, ya porque sus padres lo reputaban el mejor amigo de la familia.

A su vez, para el médico, Guayaquil era un *chiquitín gigante*, digno de su cariño, tanto por la dulzura de su carácter, cuanto por su desarrollo intelectual, constantemente demostrado.

Observándole, atentamente, en las cosas que despertaban su curiosidad y entusiasmo, se las explicaba, lo mejor que podía, ó lo estimulaba al estudio de ellas.

Un día, precisamente la víspera de la inscripción matrimonial del médico y Natalia, el Doctor llegó á la casa del niño, en momentos en que éste entretenía á sus padres, tíos y primos, descifrándoles algunos acertijos.

—Hola! —dijo el médico, entrando y saludando— Creo que llego á tiempo. Se tertulia á juegos de prendas?

—No, Doctor; —dijeron varias personas— tome asiento. Su amiguito acaba de descifrarnos varios acertijos, difíciles.

—Ah! Lo que es á mí, no me descifra los

que le proponga. A ver, amiguito. ¿Por qué dos perros callejeros, entraron al Palacio del Presidente?

El niño sonrió y respondió:

— Bah! Entraron porque estaba la puerta abierta.

—Bien! Bien! Acertáste! ahora, dime; por qué salieron del Palacio los dos perros?

—Vaya! salieron porque entraron.

—Bravo! Magnífico!—exclamaron sus parientes.

El médico se acercó á Guayaquil y dióle un abrazo.

A las tres de la tarde del siguiente día, se verificó la inscripción matrimonial del Doctor Raigones con Natalia, apadrinándola Guayas y Quil, como estaba convenido; y á las siete de la noche salieron para el campo los recien casados, á disfrutar su luna de miel en la gran hacienda *Chirijo* propiedad del rico Guayas.

Esta hacienda, la más valiosa de toda la comarca, contenía setecientas mil matas de piña, setenta mil árboles de aguacate y setenta mil palmeras. La exquisita calidad de sus frutas, en dos cosechas anuales, era justamente afamada, universalmente. Cada piña y cada aguacate, pesaba siete libras, y los cocos, cada uno daba siete vasos de agua deliciosa.

En aquel año, la primera cosecha de frutas de *Chirijo*, fué la causa del aumento de población de Bello Edén. Doscientas mil personas se radicaron en la ciudad, atraidas por la fama de los cocos, aguacates y piñas de *Chirijo*.

Tres meses después de su residencia en el campo, el médico y su esposa regresaron á Bello Edén. Su amigo Guayas les cedió una casa de su propiedad, en la calle del *Garabato*, sin cobrarles arrendamiento.

El período presidencial de Testarudo, fué fecundo en todo género de males. Pero, la domi-
nante pasión del país fué la del juego, en cuyo
ejercicio el Jefe del Estado soltaba los dineros de
la nación, trasladados por él, de las arcas fiscales al tapete verde.

A principios de 1952, ocupó la Presidencia Ejecutiva del Ecuador, Don Narciso Fierabrás: personaje ilustrado, pero funesto por sus
antecedentes despóticos, arbitrarios y violentos,
no desconocidos en Bello Edén.

Políticamente hablando, su Presidencia Ejecutiva era una espada, amenazadora, sobre el
cuello de los republicanos.

En efecto; en la sétima semana de su Presidencia, la traición de un conspirador le permitió á Fierabrás sofocar la revolución que se
fraguaba contra su Gobierno.

Desde entonces pisoteó las leyes, corrompió
á cuidadanos honrados para que ejecutasen los
mandatos de su ouínimoda voluntad y sembró
el terror en toda la República.

Sofocada la revolución, setecientas personas
salieron desterradas para Yedo y Pekín; otras
setecientas fueron confinadas á los bosques de
Gualaquiza; y setecientas más, arrojadas vivas
al fondo encendido del cráter del *Sangay*.

Estos horrores, suponían en los siete rebeldes del Averno, complicidad instigadora de la
política de Fierabrás.

En este año, el niño Guayaquil había cumplido los siete de su edad y su estatura era de
dos metros.

Su desarroyo intelectual, también había con-
tinuado asombrando á sus padres, parientes y
amigos de su familia, inclusive el Doctor Raigones, cuya esposa hacía tres años que había da-

do á luz una preciosa niña, inscrita con el nombre de Laura en el libro de Registro Civil.

Laura también había hablado pocos momentos después de su nacimiento, diciendo que quería llamarse así; ocasionando este suceso, por la particularidad del prodigio, que se la supusiese predestinada á ser más tarde la esposa de Guayaquil.

La niña, de tres años de edad, gustaba de la compañía de su joven amigo, en cuyas rodillas éste la sentaba, la besaba en la frente y le contaba cuentos que la entretenían bastante.

La simpatía recíproca de Guayaquil y Laura, era visible.

Los procedimientos tiránicos de la Presidencia Ejecutiva, continuaban alarmando la sociedad de Bello Edén, y las familias principales se desterraban voluntariamente, huyendo de Fierabrás, á cuya sola voz, la canalla que lo rodeaba, tímida, abyecta y servil, ejecutaba sus mandatos.

Una de las familias que abandonó el país, fué la del capitalista Guayas. Todos sus negocios, hacienda y casas, los dejó recomendados á sus hermanos Quito y Ambato. La casa que habitaba el médico, se la regaló á la niña Laura, á nombre de Guayaquil. Compró letras de Cambio por valor de un millón de pesos, á cargo del *Banco Coloso* de París y salió para esta ciu- el día 7 de Vigoroso, diciéndole á 'sus amigos al despedirse, que emprendía aquel viaje por requerirlo la educación de su hijo.

Para Fierabrás, en razón de su espionaje, no era desconocida la expatriación voluntaria del capitalista; pero no se opuso á su marcha, toda vez que con él se ausentaba su hijo Guayaquil, autor de siete artículos políticos contra su tiranía, publicados en *El Alerta,* bajo el seudónimo de *Argos.*

Verdad es que el pretexto era oportuno; pues Guayaquil necesitaba residir en un país de paz y civilización, armonizado á su talento y aspiraciones.

En su corta edad de siete años, Guayaquil había superado en ilustración á los hombres más notables de Bello Edén.

Había escrito y publicado las obras siguientes:

Historia del Ecuador, desde 1930 hasta 1951, en siete tomos.

Edén perdido! Novela política, en un tomo.

Cómo está la Sociedad! Novela de costumbres, en un tomo.

Siete tomos de poesía, titulados: *Lira afligida, Lira gemidora, Lira doliente, Lira triste, Lira llorosa, Lira quejumbrosa* y *Lira moribunda.*

Tratado científico--anatómico-cerebral de lumbreras políticas del Ecuador, en tres tomos.

Teoría astronómica planetaria. Obra científica sobre la luz, tamaño y vida animal, vegetal y mineral de estos siete planetas: *Voltaire, Hugo, Bonaparte, Washington, Bolívar, Gutenberg y Colón,* en siete tomos.

Diccionario de voces pajareras, traducidas al quichua, en dos tomos.

En pintura también se había dado á conocer, como gran artista. Siete retratos al óleo, de personajes ilustres, y siete paisajes, á la acuarela, pintados por él, se exhibían en las vidrieras del *Louvre:* almacén de objetos de fantasía y de lujo, situado en la calle de los *Conejos.*

En el mismo establecimiento se vendía á siete reales cada pieza de música, arreglada por él. para piano, de cuyo instrumento era tocador insigne.

Sus tres preciosos valses, *Ecos*, *Consuelo* y *Lo que he soñado*, á la sazón en boga, fueron aplaudidos por los más inspirados músicos de Bello Edén.

Fué, pues, asombrosa, la infancia de Guayaquil!

VI

Sucesos Politicos.

Los manejos de Fierabrás, arbitrarios, despóticos y tiránicos, nublaban el porvenir de la República y conducíanla á su mayor desprestigio y ruina.

A medida que el tiempo transcurría, las tentativas revolucionarias, en toda la República, eran frecuentes; pero desgraciadamente fueron destruídas por Fierabrás, cuyo espionaje político lo tenía quintuplicado.

A mediados del último año de su período Presidencial, la estadística señaló setenta mil individuos, desterrados, y siete mil fusilados, en rias ciudades y pueblos.

Así, pues, en aquella época, vergüenza daba titularse ciudadano del Ecuador; y persona hubo que se levantó la tapa de los sesos por evitarse la contemplación de las desgracias de su patria!

Sin embargo; aún le quedaba á Bello Edén una juventud liberal, valiente y patriota, dispuesta al sacrificio de la vida para evitarle á la República continuados infortunios.

En efecto; siete jóvenes patriotas, de las principales familias del país, se reunieron el día 3 de Festivo de 1958, y convinieron evitar, á todo trance, la reelección de Fierabrás que debía tener lugar el día siete de dicho mes: fecha señalada por la Constitución para la cesación del período Presidencial y nombramiento del nuevo Presidente.

Los jóvenes conspiradores se llamaban Tarquino Rayo, Leonardo Trueno, Miguel Centella, Pablo Relámpago, Juan Aerolito, Ignacio Huracán y Ruperto Cometa.

—Señores,—dijo Huracán—yo me encargo de levantarlo á siete mil pies de altura y de allí aventarlo hasta el Averno.

—No;—dijo Trueno—yo me acerco á su oreja, lo aturdo y lo cogemos vivo y lo enjaulamos y lo exhibimos en todas las ciudades del mundo, como fiera indomesticable.

—Tu plan no es bueno;—dijo Relámpago—mejor es que yo pase por delante de sus ojos y lo deje ciego.

—Bah! Disparate!—repuso Centella—Sordo ó ciego, siempre quedará vivo. Mejor es que yo le caiga encima y lo aplaste.

—Aprobado;—exclamó Aerolito—pero soy yo quien debo aplastarlo, Centella, porque peso más que tú.

—Más acertado es,—replicó Cometa—que

yo le pegue un colazo y divida á Fierabrás en dos pedazos. Para qué más?

—Señores; —dijo Rayo—no desvaríen. A mí me corresponde pulverizarlo. Le caigo encima y......ya verán ustedes ....

— Pues, bien; —dijo Trueno—que decida la suerte cuál de nosotros debe ultimarlo.

—Manos á la obra; —dijeron todos— y escribieron sus nombres en pedacillos de papel, que enrollaron y colocaron dentro de un sombrero.

La suerte designó á Tarquino Rayo.

—Bien, señores; dijo el designado—qué día debe morir Fierabrás?

—La elección Presidencial, —respondió Cometa—debe verificarse el día siete.

—Pues, el día seis, le caigo encima y lo pulverizo.

Así sucedió. El día seis de Festivo, á la una de la tarde, en el momento en que Fierabrás pisaba el umbral del Palacio del Gobierno, Tarquino Rayo, terrible, furibundo y veloz, desde una altura de setecientos mil metros se descolgó sobre Fierabrás, le pulverizó los huesos y le empujó el alma hasta el Averno.

—La Patria está salvada! Viva la República! —exclamó Rayo y desapareció.

El nuevo Jefe de la Presidencia Ejecutiva, fué el General Anastasio Bebidilla, el cual, en su período de siete años, arruinó más el país y se bebió, diariamente, sin ayuda de vecino, siete *potos* de chicha, siete cántaros de vino de uva y siete botellas de cerveza.

Su instintivo era la crápula.

Sus empleados, todos, eran borrachos consuetudinarios.

La República, tambaleándose, marchaba al abismo!

El pesonaje que ocupó la Presidencia Ejecutiva para el nuevo período, de 1966 hasta 1972, fué el Doctor José Rapiña.

Este, no era borracho; pero tenía devoradora sed de dinero.

Era miope; pero con el recurso de un par de anteojos, veía bien las arcas, cofres y alcancías, cuyo contenido se apropiaba, trasladándolo en seguida á Europa.

So pretexto de compra de armamento para sofocar revoluciones, se ganó en el negocio, cuatro millones de pesos.

En la compra de siete *chatas* para la marina de guerra, se ganó dos millones de pesos.

En variedad de trampas menudas, se ganó un millón de pesos.

Así, pues, al entregarle el mando á su sucesor, tenía colocada en el *Banco Ibérico* de *Madrid*, la suma de siete millones de pesos.

Allá se fué, á Madrid, á vivir de su renta.

Alma viviente en el Ecuador, no se apenó por su ausencia.

Bello Edén, en medio de sus calamidades, á fines de aquel año tuvo su pequeño halago: los cocos, los aguacates y las piñas de Chirijo, llamaron nuevamente la atención del universo y diéronle á la ciudad un aumento de setecientas mil personas: aumento de población que le dió á la República una totalidad de cinco millones de habitantes.

Don Juan Eladio Mañoso, sucesor del Doctor Rapiña, inauguró su Presidencia Ejecutiva el 1º de Infantil de 1973, leyendo en el Congreso, á raíz de su nombramiento, la siguiente perorata:

—Señores: al encargarme de la Presidencia de la República por voluntad de los pueblos que aquí representais, cumplo con el deber de deciros que no omitiré sacrificios, propios y ajenos, en beneficio de la paz; que las mujeres, hermosas y bellas, que solicitaren mi protección, serán complacidas; que castigaré con la pena de muerte á los maridos celosos, padres, hermanos y primos que trataren de impedirme dicha protección; que estimaré el saludo que me hagais en la calle, cuando salga yo de paseo; que por decencia y por decoro, decreto especial prohibirá en el país el uso de los zapatos amarillos; que el sueldo de mis empleados, civiles y militares, durante el período de mi Gobierno, será tres veces mayor que el fijado por la ley; y por último, señores, serán juzgadas y sentenciadas á presidio perpetuo, las personas que me dieren con las puertas en las narices, caso de ocurrírseme visitar sus hogares.

He dicho.

Los Senadores y Diputados que le escucharon, aplaudiéronlo y felicitáronlo por su elocuencia y reformas, altamente progresistas y civilizadoras.

La adulación fué en todo tiempo gemela del servilismo!

El instintivo de Mañoso era la bellaquería y su perorata por sí sola reflejada la brillantez de sus barbaridades y estupideces.

Nada bueno y mucho de malo era ostensible en la República, debido á los manejos de Mañoso y sus esbirros.

Con todo, la paz era inalterable.

Paz obligada!

La vida de las familias, palpablemente alegre.

Alegría vergonzosa!

Los rebeldes, en tanto, á pesar de su convencimiento de paz y alegría, ficticias, alarmáronse con las noticias de Europa llegadas á

Bello Edén, y comunicadas por el Doctor Raigones, respecto del aprovechamiento del joven Guayaquil, en literatura, artes, política y ciencias; y de ahí que pusieron en ejecución nuevos planes, terribles y fatales á la República.

Invadieron el cerebro del carnicero de oficio, Filomeno Filoagudo, á la sazón General en Jefe del ejército de Mañoso, y lo impulsaron á revolucionarse contra el Gobierno.

Surgió, pues, la revolución, instigada por los rebeldes.

El día 7 de Espléndido de 1979, el Presidente Mañoso amaneció asesinado en su lecho, con siete heridas mortales en el pecho.

El mismo día el General Filoagudo se proclamó Jefe Supremo de la República; é inmediatamente publicó un decreto, en la *Gaceta Oficial*, contra los asesinos del Presidente Mañoso, añadiendo á la pena de muerte, señalada por la ley, la confiscación de sus bienes.

Los grandes criminales son cínicos y audaces y acaso por su misma impudencia y osadía los protege la canalla y los lleva aún más allá de sus propósitos.

El contento les hacía *nadar el cuero* á los rebeldes.

Estaban satisfechos de su obra.

La orgía, en el Averno, fué espléndida.

Barrabás y Belcebú, tocaban la guitarra.

Diablo y Demonio, cantaban coplas españolas.

Lucifer, bailaba *can—can*.

Luzbel, *¡alza que te han visto!*

Y Satanás, *cueca* chilena.

VII

Juventud de Guayaquil.

El desarroyo físico y moral de Guayaquil, en los primeros años de su residencia en París, continuó rápido.

A la edad de diecisiete años, su estatura medía tres metros: estatura máxima, universal, en los varones. La estatura de las mujeres, rara vez excedía de dos metros y cincuenta centímetros.

Perfeccionado en sus estudios en los diversos ramos del saber humano, sus numerosos amigos, en todas las profesiones y oficios de mayor ó menor importancia, quedaban satisfechos de sus explicaciones de las materias consultadas á su saber.

A su lujoso domicilio de la calle de *Marsella*, frente al palacio de las Tullerías, en donde vivía con su familia desde que llegó á París, acudían á consultarle algún punto profesional ó de oficio, de difícil resolución, astrónomos, abogados, médicos, farmacéuticos, arquitéctos, mécanicos, agricultores, comerciantes, geógrafos, historiadores, literatos, pintores, músicos, fotógrafos, náuticos, militares, pedagogos, sastres, carpinteros, herreros, hojalateros, pasteleros y cocineros; y como ya dijimos, todos quedaban satisfechos.

Su correspondencia epistolar con su familia y amigos de Bello Edén, lo tenían bien enterado de las desgracias que pesaban sobre su patria: vergüenzas y desastres, causadas por la magnitud de los crímenes allí cometidos por la perversidad de sus mandatarios!

Tan triste situación, hacíale padecer; y más aún, residiendo allí Laura su amada Laura, encanto de su alma enamorada, y cuyo retrato fotográfico ella le había remitido; y su hermosura y su belleza, sin igual, en el mundo, llevádole habían su amor á la excelsitud de la adoración.

También él le había remitido su retrato, y para Laura, tampoco había en el mundo un sér que le aventajase en belleza, ilustración y nobles sentimientos.

La enorme distancia que separaba á Bello Edén de París, les permitía apenas remitirse dos cartas cada año: cartas que podían llamarse folletos de más de cien páginas amorosas, escritas á diario, con añadiduras de noticias importantes.

Los correos y los viajeros emprendían su marcha, desde Bello Edén á cualquiera ciudad del mundo, en mulas ó caballos, sirviéndose de vehículos rodantes en cortos trayectos, en que el terreno plano lo permitía.

Los viajes por los ríos y pequeños mares, eran muy largos y peligrosos. La goleta era el buque de mayor calado que se conocía para la exportación ó importación de mercaderías, á puertos no muy lejanos, cuyo trayecto no ofrecía riesgos marítimos. Las demás embarcaciones eran balandras, chatas, chalupas, botes, canoas, de montaña, canoitas lecheras y balsas de varios tamaños.

Universales como eran el idioma, las costumbres, las leyes y cuanto constituía la base de la civilización del orbe entero, las nuevas obras literarias y científicas do Guayaquil, diéronle mayor fama á su talento y erudición.

En 1975, á los treinta años de su edad, había escrito setecientas obras, científicas en su mayor parte. El vapor aplicado á la navegación, el pararrayo, siete planetas que denominó *Newton, Cervantes, Edison, Pasteur, Byron, Marconi* y *Darwin,* la dirección del globo aéreo, la fotografía en colores, la electricidad, y su aplicación en telégrafos, fonógrafos, teléfonos, *visitógrafos,* prensas tigográficas, carruajes y locomotoras que había descubierto ó inventado, eran asuntos luminosamente descritos en sus obras.

Considerado así por su talento el primero de los hombres más ilustrados y científicos del universo, ingresó á Guayaquil en 1976 á la Academia de Ciencias de París, la cual por votación unánime lo eligió á *perpetuidad* Presidente de ella. Pero, dando las gracias por tan honroso nombramiento, se negó á aceptarlo, exponiendo lo necesario que le era regresar á su patria, humillada por la perversidad de sus mandatarios y encaminada á su total destrucción por los siete rebeldes del Averno.

En virtud de tan poderosa razón indiscutible, se le retiró la perpetuidad, pero quedando siempre inscrito como Presidente *ad honorem* de la Academia.

La Academia fué fundada en 1967 con cincuenta y siete Académicos, de nacionalidad universal, no debiendo exceder su número de setenta y siete miembros, según sus Estatutos.

En 1975 contenía cincuenta Académicos.

Según los Estatutos, cada Académico, después de siete meses de su fallecimiento, tenía derecho á la erección de una estatua, costeada por la Academia, bastándole ser descubridor ó inventor de alguna cosa ú objeto de reconocida utilidad pública, universal.

La colocación de la estatua era obligatoria en París; pudiendo erigir otras, del mismo personaje, los Gobiernos y Municipios de las ciudades de los cinco Continentes.

De ahí que en 1975, en setenta ciudades del universo, inclusives París y Bello Edón, se les erigió estatua á cada uno de los siete Académicos fallecidos.

Al sabio Teodoro Paján, inventor de la *hamaca;* al fecundo Juan Aguacero, inventor del *paraguas;* al afamado Marcelino Jipijapa, descubridor de *paja toquilla;* al notable Melchor Aguja, inventor de la *Máquina d' coser;* al ilustre Medardo Narices, inventor del *pañuelo;* al eminente Pedro Mandíbula, inventor de los *dientes postizos;* y al ilustrado Damián Disparo, inventor del *revólver.*

En una hermosa tarde de primavera, Guayaquil recibió la visita de su íntimo amigo el notable sabio y viajero Alejandro Rumbol y condújolo al balcón, en donde tomaron asiento para charlar, contemplando á la vez los millares de arco-iris del cielo de París, cuyo espectáculo estaba considerado como la segunda maravilla del universo.

Alejandro, refiriéndole á su amigo varias cosas que juzgaba primorosas, vistas por él en sus viajes, refiriéndose á Bello Edén, díjole:

—Las mujeres son notables, no solamente por su belleza, sino también por la regularidad de sus facciones: ellas tienen la fisonomía agradable; expresión noble; andan y bailan con gracia; su conversación es viva y espiritual. La sociedad de las damas de Bello Edén, me pareció preferible á la de las mujeres de todas las demás ciudades del Continente Inca que he visitado.

Guayaquil no disimulaba su contento, escuchando la relación de su amigo que le traía á la memoria á su adorada Laura, cuya belleza y cultivada inteligencia le deleitaban el alma.

—Pero,—añadió Alejandro—también tenemos en París bellezas de primer orden. Mire usted aquella *preciosura* que desde el balcón de su palacio, hace rato, nos mira con fijeza y cara risueña.

Guayaquil miró al punto indicado y exclamó:

—Verdaderamente, es muy bella esa mujer. Ignoraba tenerla de vecina. Debe ser rica y de elevada clase social, residiendo en tan suntuoso palacio.

—Sí; su padre es millonario. Son mis amigos. Voy á saludarla; verá usted.

Alejandro se levantó, imitólo Guayaquil y á un tiempo la saludaron con una inclinación de cabeza, á la cual, de la misma manera les correspondió.

Sentáronse nuevamente y continuaron charlando.

—Ella,—dijo Alejandro—se llama Cora. Su padre, Liborio Cascarilla. Millonario por su descubrimiento del sulfato de quinina. Viudo,

hace dos años, al cumplir su hija los veinte de
su edad, compró aquel edificio en cuatro millones de pesos. Los pisos altos los alquilan á
varias familias. El y Cora ocupan el principal,
con numerosa servidumbre.

—Oh!— dijo Guayaquil.—Si conozco al señor Cascarilla. Me fué presentado en la Academia de Ciencias, precisamente con la recomendación de su descubrimiento del sulfato de quinina, eficaz, no sólo para la curación de las ca-
lenturas originadas por el desorden orgánico del
cuerpo humano, sino también de las fiebres amorosas, políticas, é impulsadoras al juego, á la
crápula, al robo y al asesinato.

—Ya lo creo; triplicando la dosis, el febricitante se larga en pocas horas á la tierra de los
calvos!

—Cabales!

—Cora,—continuó Alejandro—reune á su
belleza física una educación esmerada. Toca el
piano á la perfección; cose y borda primorosa-
mente; pero .... no tiene corazón: es coqueta.

—Coqueta? Desgraciada! Cuando es tan
dulce el sentimiento del amor constante, ilumi-
nado por las auroras de la felicidad!

—Sí; coqueta; y á este grave mal debe ya
el trágico fin de siete jóvenes de nuestra sociedad.

Por ella se desafiaron á la espada y murieron en el sitio del combate, Abelardo Planchado
y Aparicio Lobanillo.

Marcelo Castañuelas, se envenenó con ar-
sénico.

Guillermo Pujadores, murió loco en un manicomio.

Gonzalo Pellejo, se levantó la tapa de los
sesos.

Carlos Remolino y Teodoro Covachas, se

arrojaron de cabeza al Sena y murieron ahogados.

En aquel momento, les anunciaron estar servida la comida.

Alejandro y Guayaquil se levantaron y diéronle un vistazo al palacio: allí estaba aún Cora, mirándolos tenazmente.

Seguramente por informaciones de Alejandro, solicitadas por Cora, ésta y su padre remitiéronle al día siguiente á la familia de Guayaquil, tarjetas de salutación de vecindad con ofrecimientos de amistad.

A los pocos días, la familia correspondió la salutación, también enviando tarjetas.

Cora, esta vez, se había enamorado muy de veras de su joven vecino.

No sentía el fuego amoroso de la mujer coqueta, fácil de apagarse: hoguera volcánica le abrasaba el corazón y le llenaba el cerebro de luminosas esperanzas de felicidad.

Realizar su matrimonio con aquel joven, de talento gentil y gallardoso, rico y reputado el más sabio de los hombres de su época, fué desde entonces su constante pensamiento y halagadora aspiración.

De pronto, se le presentó una idea que la hizo estremecer y exclamar, á media voz:

—Ah! Tendrá libre su corazón? Amará á alguna mujer ¿Será correspondido por ella?..... No importa!.... Conquistaré primeramente la simpatía de la señora Quil y lo demás corre de mi cuenta.

Este *demás*, eran su belleza y su talento, que juzgó suficientes elementos para realizar sus aspiraciones.

Visitó con frecuencia á la señora Quil y se hizo estimar de toda la familia, hasta llegar á un trato casi familiar.

Al fin, después de muchos meses de esperar en vano, día á día, la amorosa declaración de Guayaquil, se resolvió á hacerlo hablar en ese sentido, dándole señaladas muestras del amor que llegado había en su alma á la adoración.

Vistióse elegantemente con traje blanco de muselina, sobre pollera de razo del mismo color, adarnado con blondas finísimas y lazos de cinta color de rosa.

El traje blanco realza la belleza de las rubias y de las morenas, habíale dicho Guayaquil; y por eso escogió aquel traje para su visita proyectada.

—Estas encantadora;—díjole su padre al verla—vas á casa de la señora Quil, es verdad?

— Sí, pero estaré pronto de regreso. Adiós!

Como la distancia era corta, no demoró siete minutos en llegar á la casa de sus amigos, quienes sentados al rededor de una mesa, leían cartas y periódicos remitidas de Bello Edén.

Sobre la mesa habían más de setenta cartas y crecido número de periódicos.

—Agradable ocupación;—dijo entrando y saludando.

La señora Quil le dió un beso en la mejilla.

Guayaquil y su padre le estrecharon la mano, afectuosamente, y le ofrecieron asiento en una poltrona mecedora.

—Buenas noticias?—preguntó Cora, aludiendo á la correspondencia.

—Excelentes:—respondió el señor Guayas—mi hacienda *Chirijo*, continúa progresando; la salud de mi familia y amigos es buena; y se inician en Bello Edén importantes Empresas, relacionadas á los últimos inventos de Guayaquil.

—Oh! Qué gusto! Pues, los felicito á todos.

Y fijando su fogosa mirada en el joven, añadió:

—Muy particularmente á usted, que por sus inventos es muy digno de la gratitud universal y del cariño de sus verdaderos amigos.

—Gracias, señorita;—contestóle, con su natural modestia.

—También ha recibido usted gratas noticias de Bello Edén?

—Sí, por cierto, muy gratas. Además, he recibido dos retratos de fotografía en colores.

—Retratos?.....

—Aquí los tiene usted.

—Guayaquil sacó del bolsillo de pecho de su levita, dos fotografías, y poniéndo una en manos de Cora, díjole:

—El Doctor Tomás Daniel Raigones, médico notable. Amigo íntimo de mi familia.

—Simpático; fisonomía agradable; distinguida persona,—dijo, mirando un momento el retrato y devolviéndoselo.

—Esto otro, es de su hija Laura.

—Laura? Oh! Qué hermosa y bella joven; dijo, mirando el retrato con fijeza, y palideciendo, hasta tornarse lívida, á medida que leía la dedicatoria: *A Guayaquil, su amada y fiel Laura.*

En seguida se levantó, como impulsada por una fuerza irresistible; rompió el retrato, arrojó al suelo los pedazos, miró á Guayaquil con furibunda expresión de ira, lanzó una ruidosa carcajada, y salió á escape del salón con dirección á su casa.

La ejecución de esta escena, tuvo la duración de unos cuantos segundos.

Cuando Cora desapareció, Quil, exclamó:

—Pobre niña! Me parecía una loca!

—Sólo así, trastornada,—añadió Guayas— se puede proceder de aquella manera.

Guayaquil guardó silencio. Recogió del sue-

pedazos del retrato y los guardó en su

Los periódicos del siguiente día, anunciaban que el millonario señor Cascarilla, descubridor del sulfato de quinina, se había visto obligado á mandar á su hija Cora al manicomio, porque su locura era de las más peligrosas.

La señora Quil y su esposo, lamentaron muy de veras aquella desgracia.

Al año siguiente, en 1979, la Academia de Ciencias de París, premió á Guayaquil con siete medallas de oro por su investigación y resolución de los difíciles problemas, citados en el Capítulo II de este libro.

Cada medalla contenía la inscripción relativa á un problema y estaba pendiente de una cinta roja, anaranjada, amarilla, verde, azul claro, azul oscuro, y morada, representando los siete colores del arco-iris.

En este mismo año, vendió todos sus privilegios y patentes que le había concedido el Gobierno de Francia por sus descubrimientos ó inventos.

Setecientas Empresas diversas, de los cinco Continentes, diéronle por ellos la suma de siete mil millones de pesos, en dinero de contado, de los cuales, cinco mil millones colocó en el *Banco Coloso* de París y dos mil millones en el *Banco del Buen Crédito* de Bello Edén

Verificada esta operación, Guayaquil y sus padres proyectaron para el siguiente año, un corto viaje á varias ciudades de los cinco Continentes; terminado el cual regresarían á Bello Edén, su amada patria, tan largamente ausentes de ella!

VIII

Leunam.

El 17 de Florido de 1980, próximamente á la hora de la merienda, Quil, Guayas y Guayaquil charlaban en el salón, acerca de las pocas cosas que aún tenían que acomodar en sus equipajes, cuando se presentó á ellos un sirviente.

— Un anciano, — dijo — solicita hablar con el señor Guayas.

— Oh! Que pase adelante. Has debido conducirlo, sin necesidad de permiso: la ancianidad es venerable.

Las últimas palabras de Guayas, probablemente las oyó el anciano; porque inmediatamente se presentó en la puerta del salón, se quitó el muy usado sombrero que arrojó al suelo, juntamente con el tosco palo que le servía de apoyo, y les dirigió un saludo respetuoso, inclinando un poco la cabeza.

Sus zapatos de cuero ordinario, empolvados, y el pantalón y levitón de paño gris, sucios y rotos que cubrían su delgado cuerpo, dábanle apariencia de mendigo; así como la blancura de sus cabellos y de su barba, encrespada y larga, la frente espaciosa surcada de arrugas, ya por la edad, ya por la meditación y el sufrimiento, dábanle á su fisonomía aspecto venerable.

Desde el momento en que vieron al anciano, todos se pusieron de pie y se le acercaron para conducirlo á un asiento.

—Señor,—le dijo Guayas—en usted no miro un hombre: contemplo una majestad.

—Sí;—añadió Quil—una aparición excelsa.

—Con esplendores de sol;—agregó Guayaquil.

—Oh! Guayas;—dijo el anciano, levantando los brazos—abrázame. No me conoces? Soy tu amigo Leunam .....

—Leunam!—exclamó Guayas, reconociéndolo y abrazándolo—Mi amigo querido! Oh! Bendito Dios que le da á mi alma regocijo tan grande.

Quil, también reconoció á su padrino y lo abrazó cariñosamente.

Guayaquil, al abrazarlo, díjole:

—Suponiéndole muerto, he bendecido su memoria. Ahora soy dichoso, ante la realidad de su existencia. Señor; lugar distinguido ocupa usted por el cariño en mi corazón.

Leunam y Guayas se sentaron en un sofá. Quil y Guayaquil, en poltronas.

—Está usted muy fatigado, padrino.

—Sí, Quil; muy fatigado; muy cansado; muy grave. Para llegar á París, he caminado mucho á pie: siete mil leguas.

—¡Siete mil!—dijo el joven, con penoso acento.

—¡Qué atrocidad!—exclamó Guayas.

—Pero, en dónde ha estado usted, padrino? Treinta y seis años que lo hemos creido muerto.

Desde el incendio de la *Voladora*, cuya noticia nos la comunicó el marinero que se salvó.

—Ah! Se salvó un marinero?

Creí que todos habían perecido.

Recuerdas su nombre?

—Sí; Melchor Tragaduras. Nadó siete horas, hasta arribar á la Isla de la Plata. Al día siguiente, aprovechó la salida de una balandra para regresar á Bello Edén......

—La merienda está servida;—dijo un criado, presentándose en la puerta del salón.

Guayaquil se levantó; le ofreció su brazo al anciano para que se apoyase y lo condujo al comedor. Quil y Guayas los siguieron.

Servida la sopa, Leunam la probó apenas. Soltó la cuchara; se sirvió media copa de vino; limpióse el bigote, humedecido por el líquido; y con voz fatigosa dijo:

—No tengo apetencia; me siento muy enfermo; deseo descansar.

Guayaquil se levantó; le ofreció nuevamente su brazo y lo condujo á su dormitorio.

Leunam se quitó los zapatos, se despojó de su levitón y se acostó en la cama.

—Duerma un poco, señor;—díjole Guayas—ya verá usted cuando se despierte, lo bien que va á sentirse.

—Sin duda alguna;—añadió Quil.

—Además,—dijo Guayaquil, destapando un frasco lleno de un líquido azul, del cual echó siete gotas en media copa de agua que le puso

en los labios—con esta panacea, recobrará usted
fuerzas y salud para vivir muchos años.

El anciano bebió; nuevamente colocó su cabeza sobre la almohada; cerró los ojos y quedóse profundamente dormido.

Guayaquil y sus padres, regresaron al comedor. En la mesa, ninguno de ellos habló palabra alusiva al anciano.

Por costumbre sistemática, jamás hablaban de sus asuntos íntimos á inmediaciones de la servidumbre.

Terminada la comida regresaron al salón.

—Oh! Guayas; cuánto se van á alegrar en Bello Edén, cuando sepan que nuestro padrino está vivo, es verdad?

—Indudablemente. Y el Gobierno, tendrá que devolverle los trece millones de pesos que ingresaron á sus arcas.

—Eso, no sucederá;—dijo Guayaquil—porque la devolución ha prescrito, según la ley.

—Bien; no importa!—exclamó Guayas, impulsado por el entusiasmo nobilísimo de su gratitud—Leunam nos regaló una casa y un millón de pesos en dinero. Yo le regalaré también una casa y siete millones de pesos. Te parece bueno mi proyecto, Quil?

—Ya lo creo; excelente. Cuanto hagamos por nuestro amigo, se lo tiene merecido. Desde que estabamos solteros, nos tomó cariño, nos tuteó y fué su deseo apadrinar nuestra boda. Oh! tengo gran curiosidad de saber, cómo salvó su vida. A que hora se despertará?

—La bebida,—dijo el joven la tomó á las cinco. Se despertará á las nueve de la noche.

A la hora indicada, Leunam despertó y se sentó en la cama.

Vió á Guayaquil en una poltrona, cerca de él y díjole:

—Llama á tus padres.

El joven salió y en menos de un minuto regresó con ellos.

El anciano, al verlos, se apresuró á decirles:

—Oh! mis amigos. Cierren la puerta y acérquense. Quiero aprovechar este momento, en que me siento aliviado, para revelarles un secreto, después de, referirles cómo salvé la vida.

Mientras Quil y Guayas tomaban asiento, el joven cerró la puerta y regresó á su poltrona.

—Incendiada la goleta, fui el último en arrojarme desnudo al agua, con la esperanza de salvar mi vida, nadando hacia la Isla de la Plata; pero, en vez de tomar aquella dirección me internó en el mar. No sé cuanto tiempo nadé. Recuerdo, sí, que cuando ya me faltaban las fuerzas é iba á sumergirme en el mar, una mano vigorosa me agarró de los cabellos, me suspendió y colocó dentro de un bote.

La emoción de verme salvado, me produjo un largo desmayo.

Cuando volví en sí, me encontré descalzo, pero vestido con pantalón de bayeta, azul, y cotona de lana del mismo color.

Estaba acostado sobre la cubierta de una goleta. Tenía en mi delante cuatro hombres.

— Levántate;—me dijo uno de ellos.

Quise levantarme, con el apoyo de mis brazos y me fué imposible. Sin embargo, díle á mi cuerpo un fuerte impulso y me levanté. Volví la cabeza á uno y otro lado y ví en el timón un marinero, dos más en proa.

El mismo hombre, jefe de la goleta, me preguntó nuevamente:

—Cómo te llamas, eres náufrago de paz ó pirata?

Quise responderle y no pude.

Veía y oía, pero había perdido el uso de
la voz, á la vez que los movimientos de mis
brazos y de mis manos.

Al fin, después de otras preguntas, sin res-
puestas, el jefe se retiró, diciendo:

—¡Este hombre es un idiota!

Otro de los hombres que estaba en mi delante, me tomó de un brazo y poco á poco me
condujo al camarotillo de los marineros.

Allí, el mismo hombre, llamado Mauricio
Compasivo, se encargó de cuidarme y ponerme
en la boca el rancho. Buen hombre: su apellido
se amoldaba á su bella índole.

La conversación de los marineros, me puso al corriente de hallarme en una goleta de pi-
ratas, salteadores de embarcaciones cargadas de
perlas y objetos valiosos.

Después de mucho tiempo, llegó la embar-
cación al puerto de Jackson, capital de Milane-
sia.

Me desembarcaron y llevaron á un manicomio......

Leunam, al llegar á este punto de su relación, hablaba ya con alguna dificultad y fuéle
preciso tomar dos gotas de la panacea de Guayaquil, para recobrar vigor y continuar:

El hombre encargado de custodiarme en el
manicomio, ponía á veces, abiertos, sobre mi
mesa, algunos periódicos, en los que leía yo
mentalmente variedad de sucesos universales.

Un día me trajo *El Académico*, periódico
de París, fechado el 27 de Vigoroso de 1979
y leí lo siguiente:

"El primero y más sabio de los hombres
ilustrados del universo, acaba de colocarse á la
cabeza de los grandes capitalistas continentales.
Ha depositado en varios Bancos la enorme suma
de siete mil millones de pesos; producto de la

venta de todos sus privilegios y patentes, adquiridos por sus maravillosos descubrimientos é inventos. El personaje aludido es nuestro simpático amigo el joven Guayaquil, hijo del respetable caballero señor Guayas y de la estimabilísima señora Quil, residentes en esta ciudad."

Al leer los nombres de ustedes, sentí en mi naturaleza toda, por efectos de mi emoción, un movimiento convulsivo y rápido que me hizo levantar del asiento, alzar los brazos y exclamar con voz sonora:

Oh! mis amigos! Bendito sea Dios!

El uso de mi voz y los movimientos de mis brazos y de mis manos, los acababa de recobrar.

Una emoción me los había arrebatado: otra me los devolvía.

Siete horas después, se me dió papeleta de libertad, con información de mi buena salud. A demás, se me entregó la suma de treinta y siete pesos que me correspondían, provenientes de limosnas dadas por personas ricas á los enfermos del manicomio.

¡Mi encierro en aquel asilo, había durado treinta y cuatro años!

Salí de allí, me dirigí á la ciudad, entré en un almacén, compré ropas usadas y me instaló en un cuarto posada, cuyo pago á diario, inclusive alimentos, me costaba un peso.

Pasados siete días, me dí á buscar trabajo y conseguí emplearme de jornalero en una mina de oro, de reciente explotación: yo, como antiguo minero, conocía el oficio.

El sétimo día de trabajo en la mina, descubrí un rico filón de oro; cuyo valor, el propietario y yo lo avaluamos en setecientos mil pesos.

Dicho hallazgo me lo recompensó el minero, regalándome setecientos pesos.

Entonces, no esperé más tiempo para realizar mi viaje á París.

Me despedí del minero. Me impuse del
fuerte precio de las cabalgaduras y resolví em-
prender mi marcha á pie. He caminado siete
mil leguas.....

Leunain hizo una pequeña pausa y continuó:

Pero estoy con ustedes. Soy dichoso.

Quil y Guayas se levantaron y lo abra-
zaron.

Guayaquil lo abrazó en seguida y díjole:

—Desde hoy no se separará usted de nosotros. El viaje que proyectábamos á los cinco
Continentes, lo realizaremos en otra época. Dentro de pocos días nos acompañará usted á Bello
Edén.

—Ojalá! Ese es mi deseo. Pero, no creo
realizarlo. Me siento mal. Veo cercana mi muerte.

Por esto, quiero continuar, revelándoles el
secreto de la existencia de mi tesoro, depositado en una gruta de Bello Edén.

—Señor; guarde usted su secreto. Mi panacea es eficaz: dá salud para mucho tiempo.

—Bueno; la ensayaremos; por qué no? Pero, ello no impide que les revele el secreto.

Y dirigiéndose á Guayas, preguntóle:

—Tu casa, de la colina, es la misma?

—No, señor. La mandé desbaratar y en el
mismo sitio hice fabricar otra, más espaciosa.

—Bien; no importa. Está en el mismo sitio
y ello basta para hallar la entrada de la gruta,
que voy á explicarte.

En la pared de la última habitación de la
izquierda, pegada á la pared del cerro, había una

puerta secreta. Abierta ésta por medio de un resorte, quedaban visibles siete piedras de várias tamaños y forma. Sobre una de estas piedras, está grabada á cincel la letra L. Desprendidas las siete piedras, queda un boquete de un metro cuadrado. Luego, internándose hasta siete metros, hay una puerta de fierro, cerrada con cerrojo. Descorrido éste y abierta la puerta, hay un aposento cuadrado, que mide catorce metros por cada uno de sus costados y cuya altura de siete metros, con claraboyas naturales, formadas por las grietas del cerro, le daban bastante claridad para distinguir bien los objetos.

Allí está mi tesoro, avaluado en veintiocho mil millones de pesos.

En el centro de la habitación hay una mesa de mármol, sobre la cual está una cájita ó cofre pequeña, que contiene dos documentos. El uno es el *Inventario* de mi tesoro, depositado en la gruta: el otro mi *Testamento*.

Mi inventario contiene siete partidas, en esta forma:

Valor en barras de oro	S/	7,000.000,000
Valor de oro en polvo.	”	5,000.000,000
Valor en monedas de oro.	”	10,000.000,000
Valor en monedas de plata.	”	500.000,000
Valor de piedras preciosas.	”	3,000.000,000
Valor de perlas finas.	”	2,000.000,000
Valor de varias alhajas.	”	500.000,000

Total S/ — 28,000.000,000
Leunam.

Mi Testamento contiene estas siete cláusulas:

1a. Declaro, ser dueño único de la suma de veintiocho mil millones de pesos, depositados en la gruta; y además, trece millones, poco más ó menos, en casa, joyas y dinero circulante.

2a. Declaro, haberlos adquirido honradamente por medio del trabajo.

3a. Declaro, no tener padres, hermanos, hijos ni parientes que se titulen mis herederos.

4a. Dispongo, que mi albacea, que lo será mi amigo Guayas, se constituya propietario legítimo de la suma de veintiún mil millones de pesos.

5a. Dispongo, que mi albacea invierta en Bello Edén la suma de siete mil millones de pesos, en obras de beneficencia y de utilidad pública.

6a. Dispongo, que los trece millones restantes los invierta mi albacea, en escuelas y bibliotecas, en otras ciudades de la República.

7a. Deseo, que mi entierro, caso de verificarse en la ciudad, se haga, excluyendo toda ostentación lujosa.

Bello Edén, 3 de Infantil de 1944.

Leunam.

—El caso es,—dijo Guayaquil—que los trece millones á que usted se refiere, los tomó el Gobierno y su devolución ha prescrito, según la ley.

—Bien; qué hemos de hacer!

Así lo dispuso Dios y respeto su voluntad. Ahora, dame tu panacea. Me he sentido muy mejorado con las gotas que ya he tomado.

Leunam tomó en media copa de agua, tres gotas del líquido azul. Se acostó, cerró los ojos y se quedó profundamente dormido.

Quil y Guayas se dirigieron á su dormitorio.

Guayaquil hizo armar otra cama, cerca de la del anciano, y media hora después también dormía profundamente.

Siete horas durmió Leunam un sueño sosegado. Cuando se despertó, se sentó en la cama y saludó á sus tres amigos que se hallaban cerca de él, deseosos de saber el estado de su salud.

—Se ha dormido bien, es verdad?

—Muy bien; perfectamente. Dame más panacea.

—No, señor; no se puede abusar de este líquido. Ahora va usted á tomar una taza de té con un par de rosquillas. Dos gotas le daré una hora antes de almorzar; dos, una hora antes de la merienda; y tres gotas más por la noche, al acostarse. Dentro de siete días tendrá usted buena salud y fuerzas para resistir el viaje á Bello Edén.

Mientras tomaba el té, pusiéronle cerca de la cama, ropa nueva para que se vistiese: fino calzado, medias, calzoncillos, camisa blanca de lino, corbata negra, terno de paño negro fino y sombrero de copa alta.

— Ahora, díjole Quil, recibiéndole la taza vístase despacio, sin fatigarse. En seguida saldremos á dar un paseo, en coche.

—Aceptado!

Dejáronle sólo.

Cuando se hubo vestido y se dirigió al salón, allí lo esperaban Quil y su esposo.

La transformación de Leunam era completa: la apariencia del mendigo estaba sustituida por el aspecto del caballero venerable.

Guayaquil había salido de la casa, media hora antes, dirigiéndose á la Redacción de varios periódicos, para darles informes detallados respecto de Leunam, hospedado en su casa.

En aquella época, la prensa de París no tenía rival en el mundo, y dos horas después setecientos periódicos, de los más circulantes diarios, daban, poco más ó menos, la siguiente noticia:

"El respetable caballero Señor Leunam, archimillonario á quien se le suponía fallecido en el naufragio de la goleta *Voladora*, incendiada en 1944, pero, salvado por un buque pirata que lo condujo á la ciudad de Jackson, en donde ha permanecido por espacio de treinta y seis años, acaba de llegar á París, hospedándose en la casa de nuestro amigo el insigne y afamado sabio Guayaquil. Cumplimos gustosos el deber de saludar cordialmente al señor Leunam y el de ofrecerle nuestros respetos y consideraciones."

Leunam y sus amigos salieron en coche y recorrieron los principales barrios de la ciudad.

Regresaron luego, cuando ya Guayaquil los esperaba con las dos gotas del líquido azul para Leunam.

El anciano tomó la bebida; almorzó perfectamente; charló un rato en la mesa, haciendo grandes elogios de la ciudad de París y se retiró al dormitorio: una media hora de siesta, no le vendría mal.

Pero, no pudo realizar su deseo. Anunciáronle la visita de siete personajes.

Con motivo de la noticia de su llegada, dada por los periódicos, el Presidente de la República y los Jefes, Popular, Civil, Tipográfico, Policía, Justicia y Militar, se apresuraron á visitarlo.

El mismo día, tanto los miembros de la Academia de Ciencias, como lo más florido y selecto de la culta sociedad de París, tuvieron el alto honor de estrecharle la mano al archimillonario.

El único Académico que no visitó á Leunam, fué Don Liborio Cascarilla, padre de Cora.

Al día siguiente, la Administración de Correos de París, sólo para Bello Edén, despachó setecientos grandes sacos llenos de cartas y periódicos.

Guayaquil y sus padres, en sus cartas al Doctor Raigones, Natalia, Laura, Quito y Ambato, les anunciaban su salida de París para Bello Edén, en compañía de Lennam fijada para el día 37 de Florido.

En efecto. Terminados los arreglos del equipaje y realizadas sus visitas de despedida, personalmente unas y por los periódicos otras, el citado día salieron de París para Bello Edén, montados en muy buenos caballos, tanto para ellos como para su servidumbre.

Pocos momento antes, de salir Guayaquil recibió por correo interior un billete perfumado, el cual contenía estas siete palabras: *¡Dolor por dolor! ¡Guerra á muerte!* CORA.

Guayaquil leyó, rompió el billete, le prendió fuego con la luz de un fósforo y las cenizas las arrojó á la calle.

X

Casamiento de Guayaquil.

Las cartas y los periódicos de París, ... das á Bello Edén, produjeron vivísimo contento, tanto en las personas que se acordaban de Leunam, como en aquellas que juzgaban á Guayaquil, esperanza salvadora de la República, encaminadas á su total ruina por el usurpador General Filomeno Filoagudo, ejecutor de las instigadoras perversidades de los siete rebeldes del Averno.

El corazón de Laura, entristecido por la ausencia de su adorado Guayaquil, latió con júbilo.

El Doctor Raigones, Natalia, Quito, Ambato y sus hijos ó hijas, todos ya casados, y sus numerosas relaciones sociales, recibieron con placer las noticias del regreso de sus amigos, ha tanto tiempo esperadas.

La alta clase social, la media clase y muchas personas del pueblo, decían que el *resucitado* Leunam y Guayaquil, niño que había *hablado* al nacer y realizado después maravillosos descubrimientos ó inventos, eran dignos de una recepción espléndida, celebrada con bailes y regocijos públicos. La idea fué aceptada y se procedió inmediatamente á la formación del programa siguiente:

1º. Una comitiva compuesta de los miembros de la familia de Guayaquil, sus íntimos amigos, y personas del pueblo, acompañada también por la banda de música del batallón *Tantas muelas*, saldrán de Bello Edén al encuentro de los viajeros

2º. Una comisión de cuatro personas, pondrá en manos de Leunam, Guayaquil y sus padres, cuatro tarjetas de oro, demostrativas de salutación, á nombre de la sociedad de Bello Edén.

3º. Los viajeros y la comitiva, entrarán á la ciudad por la calle del *Gallinero*, cruzarán por la de los *Conejos*, tomarán la del *Malecón*, hasta su final, en donde cruzarán por la del *Violín*, hasta llegar á la casa del cerro de la gruta de oro.

4º. Las casas por donde pasare la comitiva, enarbolarán en sus persianas la bandera nacional.

5º. El pueblo será obsequiado con un magnífico *llamao*.

6º. A las siete de la noche, frente á la casa de los viajeros, se quemarán siete castillos de fuegos artificiales.

7º. Terminará la fiesta con un suntuoso baile, en la citada casa, propiedad del señor Guayas.

Siempre fué Guayaquil acertado en sus cálculos y esta vez más, llegó á la ciudad de Chongón, con sus compañeros de viaje, el día 36 de Excelso, como lo tenía anotado en su cartera.

En seguida despacharon un posta, anunciándoles á Quito, Ambato y Raigones, que sal-

drían de allí á las siete de la mañana del día
siguiente, á fin de llegar á la una de la tarde á
Bello Edén.

El posta llegó á las nueve de la noche y la
noticia se hizo pública inmediatamente.

Con este motivo, parte del pueblo y las personas comprendidas en el programa, se pusieron
en movimiento, arreglando sus cabalgaduras, ci-
tándose para la hora de la salida y vociferando
con gritos de alegría la próxima llegada del *resucitado*, del niño que *habló* al nacer, del dueño de Chirijo y de la bella señora Quil.

Ello es que el bullicio era tremendo. Las
voces resonaban atronadoras en las calles de la
ciudad. Y el General Filoagudo, creyendo se tra-
taba de una revolución, con tentativas de asesinato de su persona, impartió órdenes á sus
setenta batallones para que cargasen sus fusiles
hasta la boca y sus jefes estuviesen listos á dar
la voz de ataque.

Entre tanto, él se dirigió á su alcoba, se
puso su uniforme de combate y se armó, como
suele decirse, hasta los dientes.

Botas rodilleras de suela, barnizadas con
betún. Corbatín de cuero de cabrito. Morrión
de suela, forrado con lanilla amarilla y penacho
verde. Pantalón de tela de alambre, forrada con
balleta roja y casaca de la misma tela, forrada
con bayeta azul.

Sus mismos soldados y la gente chusca,
cuando lo veían con aquel uniforme, lo llamaban
General *Papagayo.*

Se había terciado sobre las espaldas un fu-
sil, pendiente de una correa. La hoja de la espada que se había ceñido, metida en vaina de
plata, tenía siete pulgadas de ancho. En la cin-
tura se había colocado dos puñales y dos pisto-

las. En la mano derecha tenía una larga lanza, afiladísima y en la izquierda un grueso garrote.

Uniformado y armado de aquella manera, iba á sentarse en un sillón, á esperar noticias del progreso de la revolución, cuando sintió las fuertes pisadas de un hombre que se le acercaba.

Soltó el garrote, desenvainó la espada y puso la lanza en actitud amenazadora.

Al presentarse en la puerta del salón el General Severino Desmuelado, á decirle que el bullicio era motivado por el regocijo del pueblo, preparándose á recibir á los viajeros; Filoagudo le arremetió una lanzada, diciéndole al mismo tiempo:

—Bandido! Vienes á asesinarme!

Felizmente la punta de la lanza tropezó en la guarnición de la espada de Desmuelado, resbaló y le permitió esquivar el cuerpo, evitándole quedar ensartado.

Desmuelado era valiente y con calma díjole al Jefe Supremo:

—Excelencia! Mal modo de recibir á los amigos.

—Oh! Desmuelado! No te había conocido. Qué ocurre?

— Pues, nada! Que no hay tales carneros.....

—Carneros?.....

—Digo, revolución. El movimiento popular es de regocijo por la próxima llegada de los millonarios Leunam y Guayaquil.

Bien, muy bien; anda, corre, dile á mi ejército que descargue sus armas. Tú, ven mañana á verme. Pondré en tus manos tu despacho de General de División.

— Gracias, Excelentísimo señor.

Dió media vuelta y se marchó.

Los rebeldes del Averno, testigos invisibles de las acciones de Filoagudo, estaban escandalizados de su conducta política permitiéndo la llegada de Leunam y Guayaquil á Bello Edén: personajes millonarios y de prestigio, íntimos del médico Raigones, cuya habilidad de ventrílocuo, ignorada de todo el mundo, podía contribuir á la pérdida de su Jefatura Suprema y de su vida.

La censura de aquella conducta, juzgáronla acertada, y se largaron al Averno á *sesionar* sobre el particular.

—Este Filoagudo,—dijo Luzbel—es un imbécil!

—Un sopenco!

—Un Juan Lanas!

—Un Juan Bobo!

—Un Cacaceno!

—Un Lucas Gómez.

—Señores,—dijo Satanás—no es nada de eso.....

—Bah! Que cosa es?—preguntó Barrabás, colérico.

—Filoagudo, es.....—respondió Satanás, haciendo un gesto—*¡un papagayo!*

Los rebeldes soltaron una carcajada y dieron por terminada la sesión.

Setecientas mil personas, unas á caballo y otras con el recurso de sus pies, inclusives dos bandas de música de los batallones *Tantas muelas* y *Robustobrazo*, salieron de Bello Edén á las siete de la mañana, al encuentro de los viajeros.

Verificado el encuentro y realizados los abrazos y besos de estilo, los comisionados pusieron en mano de los viajeros las tarjetas de oro de salutación, aludidas en el programa; programa que se cumplió en todas sus partes, hasta la terminación del baile.

Leunam quedó instalado en la mejor habitación de la casa de sus amigos.

Quito y sus siete hijas casadas y Ambato y sus siete hijos, también casados, ocuparon dos grandes casas en el barrio central, compradas y obsequiadas por Guayaquil. Además les regaló un millón de pesos á cada uno de sus tíos y otro millón á cada una de sus primas y primos.

Luego, en la casa de su padre, arregló con lujo un departamento, destinado para él y Laura, con la cual realizó su matrimonio el 7 de Juvenil, apadrinándolo Natalia y el señor Guayas y como testigos, Leuman y Don Telésforo Abecedario, antiguo Jefe Tipográfico, representante del cuarto Poder del Estado.

Los concurrentes al acto de la inscripción, cuyo número excedió de setecientas mil personas de uno y otro sexo, decían y repetían que jamás se volvería á ofrecer un matrimonio, en donde el lujo, facilitado por la riqueza, se ostentase con igual esplendor.

En efecto; el traje de la novia, las joyas de su tocado, el collar, los brazaletes, los aretes y anillos, en totalidad, costaban más de siete millones de pesos: suma, más ó menos igual á la cantidad invertida en la festividad del matrimonio.

Los padres de Laura, continuaron viviendo en su misma casa.

Aceptada por la sociedad la costumbre, en los recién casados, de salir para el campo á disfrutar allí la *luna de miel*, Guayaquil y Laura salieron al día siguiente para *Primavera*, hacienda de ganado, propiedad del Doctor Raigones, inmediata á la ciudad y cuya producción en leche, diariamente vendida en Bello Edén, era de setenta tarros de siete galones cada uno.

Cuando uno ó más seres queridos se alejan del hogar, más visible es la pena en las personas que se quedan, apoderándose de sus corazones la tristeza.

Quil y Guayas para disimular su pesadumbre y distraer á su amigo, también apesarado, dábanle conversación, recordándole antiguos sucesos. Pero, Leunam á todo contestaba con un *sí* ó con un *no;* se levantaba, se asomaba al balcón, volvía al salón, lo paseaba del uno al otro extremo, se metía en su habitación, sacaba su cartera, corregía alguna palabra, enmendaba alguna cifra ó hacía otra anotación.

—Sí,—dijo un día, hablando consigo mismo, después de anotar un nuevo nombre en su cartera—no me queda ninguno por anotar.

Guardó la cartera y regresó al salón.

—Querido Leunam,—díjole Guayas—nos vamos.

—Nos vamos?

—Sí; á Chirijo. Dos meses de campo son necesarios á nuestra salud. Además, la cosecha de frutas se aproxima y la hacienda reclama algunas mejoras.

—Pues, no hay más que decir: á Chirijo! Qué día emprendemos la marcha?

—Mañana *solar*, á las siete de la noche, hora de la marea. Amaneceremos el *alegre* en Chirijo.

—Muy bien!—y poniéndose el sombrero, añadió—Te dejo; voy á visitar á nuestro amigo Raigones.

—Allá está Quil.

—Regresaremos juntos.

La séptima semana de la residencia de Guayas en su hacienda, la cosecha de frutas estaba en toda su fuerza.

¡Qué piñas tan exquisitas!

¡Qué aguacates tan apetitosos!

¡Qué deliciosa el agua de los cocos!

Esta cosecha de frutas, durante un mes,

atrajo á Bello Edén una inmigración continental de trecientas mil personas.

Convenido por cartas el regreso de ambas familias á la ciudad, para el 27 de Florido, llegaron el citado día y se instalaron en sus respectivos departamentos.

Al día siguiente, una hora después del almuerzo, hallándose reunidos en el salón, Leunam les dijo:

—He examinado hoy la pared de la habitación pegada al cerro. Está, casi, en la misma disposición que la anterior. No se nos va á hacer difícil dar con la entrada de la gruta. Tú, Guayas, aleja un poco la servidumbre. Tú, Guayaquil, trae dos hachuelas, una pica, un martillo y un poquillo de aceite.

Alejada la servidumbre y conseguidos los objetos indicados, se encaminaron á la última habitación, seguidos de Quil y Laura.

Encerrados y con las hachuelas, Guayas y Guayaquil, en menos de siete minutos hicieron un boquete en la pared, en el sitio que Leunam les acababa de indicar.

Hecho el boquete, quedó visible la piedra, sobre la cual estaba grabada la letra L.

—Aquí está la letra.—dijo Leunam—Ahora tú, Guayaquil, desprende con la pica estas siete piedras.

Quitadas las piedras quedó abierta la entrada de la gruta, en la cual penetraron todos hasta tropezar con la puerta de fierro, cuyo cerrojo, humedecido con aceite cedió al golpe de dos martillazos.

Abierta la puerta, penetraron en la habitación que Leunam les había descrito en París.

El tesoro, tal como ordenadamente lo había colocado su dueño, la mesa y el cofre, estaban en su lugar.

Leunam sacó del cofre el Inventario y el Testamento y díjoles:

—Tomemos asiento sobre estos cajones y hablemos.

—Padrino,—díjole Quil, sonriéndose al sentarse—cuánto vale este asiento?

—Ese asiento,—contestó, también sonriéndose—vale setecientos mil pesos, en monedas de oro.

Y dirigiéndose á Guayas, añadió:

—Mi testamento, no lo altero en lo más pequeño; porque lo que voy á encargarte lo ejecutarás con parte del dinero citado en la cláusula 5a.

En seguida sacó su cartera, tomó de ella un papel escrito que colocó junto al testamento y prosiguió:

—Aquí está anotado mi encargo. Averiguarás el paradero de la familia de mi piloto, Alejo Castañuelas y le entregarás diez mil pesos; á las familias de mis empleados, fallecidos en el incendio de la *Voladora*, cocinero Bonifacio Quitasueño y marineros Jerónimo Pelado, Anacleto Desgajado y Sabino Molinillo, á cada uno siete mil pesos; á Melchor Tragaderas, otros siete mil pesos; al pirata Mauricio Compasivo, diez mil pesos; y al Manicomio de la ciudad de Jackson, setecientos mil pesos. Además, aun cuando estoy vivo, puedes tú, amigo mío; disponer, como cosa tuya, de la suma de veintiún mil millones, citada en la cláusula 4a. de mi testamento.

—Oh! gracias, amigo mío. Conserve usted su dinero, intacto. Yo poseo, como usted sabe, veinte millones de pesos; mi hijo es dueño de siete mil millones, y Laura, hija única de nuestro amigo Raigones, le heredará no menos de siete millones.

Leunam guardó en el cofre los tres papeles, se los entregó á Guayas y se levantó.

Salieron todos; echáronle cerrojo á la puerta; colocaron las siete piedras en el boquete, sin que. quedase señal de la entrada de la gruta; cerraron con llave y candado las puertas de la habitación de la casa y se dirigieron al salón.

Siete días después, la pared de la habitación estaba compuesta, conteniendo una puerta secreta en el lugar del boquete.

X

Salvación de la Republica.

Los acontecimientos políticos de Bello Edén, horripilaban!

Filoagudo, sugestionado por los rebeldes del Averno, cometía á diario toda clase de males, bribonadas y picardías, envalentonándose con la impunidad que le predisponía la índole á nuevas perversidades y crímenes.

Su sueño dorado, mejor dicho, su deseo constante, era la adquisición de siete millónes de pesos, para largarse á Europa á hacerle la competencia en lujo y *buena vida* al Doctor Rapiña.

Apoyado por los desbaratados, civiles y militares, y sostenido en la usurpación del Poder por sus setenta batallones, de setecientos soldados cada uno, comandado por un General de su misma índole, convocó una *Convención Clásica* para el 37 de Excelso, que debería elegirlo Presidente de la República, reduciéndo también la Constitución á los siete artículos siguientes:

1º. Reconocimiento de los Poderes Públicos en el Presidente de la República.

2º. Irresponsabilidad del Presidente de la República en todos sus actos.

3º. Libertad absoluta de meditación y de acción en el Presidente de la República.

4º Ciega obediencia á los decretos, acuerdos, considerandos, disposiciones, órdenes, mandatos y resoluciones del Presidente de la República.

5º. Cooperación, sin excusas, á los manejos del Presidente de la República.

6º. Protección monetaria al Presidente de la República para gastos imprevistos.

7º. Pena de muerte, sin apelación, á la persona que atentare contra la vida del Presidente de la República.

La Convención tendría la duración de siete días y se compondrá solo de siete Senadores y siete Diputados.

Los Senadores, ya designados, eran los Generales:

Severino Desmuelado.

Macario Entrometido.

Vicente Revoltoso.

Hermógenes Cuerudo.

Sotero Pestilente.

Toribio Desalmado.

Simplicio Furibundo.

Los Diputados, eran sus íntimos:

Nicolás Gramalote.

Luis Canchalagua.

Clímaco Borrajas.

Epifanio Verdolaga

León Mostaza.

Quintiliano Escorsonera.

Casimiro Rudaverde.

Quince días antes de reunirse la Convención, tremendo fué el susto que se pegó Filoagudo con la aparición de hojas volantes, impresas, anunciando la Candidatura de Guayaquil para Presidente de la República.

Inmediatamente puso en movimiento á todo su ejercito, como si se tratase de un próximo combate; se puso su uniforme de *papagayo* é impartió órdenes de prisión contra Guayaquil, sus parientes y partidarios, en número de setecientas mil personas, según la lista que sus espías le habían entregado.

En menos de siete horas, más de setecientas personas fueron reducidas á prisión.

Guayaquil y sus parientes no parecían. Los comisionados para su arresto, le aseguraron á Filoagudo que se los había tragado la tierra. Sólo está vivo, dijéronle el Doctor Raigones.

Filoagudo, con voz de trueno y colérico, exclamó:

—Que venga el Doctor Raigones. Que se presente en mi Despacho, en el término de la distancia.

El médico no demoró mucho en presentarse, acompañado de un enorme perro, enlazado el pescuezo con una cuerda de siete metros de largo, cogida en su extremo por el Doctor.

—Salud, mi amigo! Qué tal? Vengo á su llamamiento, precisamente cuando iba á salir de mi casa para hacerle á usted una visita. Cómo están la señora y los niños?

Las diecisiete personas que se hallaban en el Despacho, á las órdenes del Jefe Supremo, escuchaban al médico, estupefactas; pues supo-

nían que al presentársele á Filoagudo, éste, de un
solo tajo le cortaría la cabeza.

Pero, el médico era su amigo. Había par-
teado dos veces á su esposa y lo había aliviado
á él de las almorranas, cierta ocasión que se les
inflamaron á causa de un susto producido por la
provocación de un duelo.

Además, pensó manifestarse esta vez, como
consumado político, conversando con un personaje, cual Raigones, amigo y pariente de Guayaquil, su rival en Candidatura Presidencial.

—Oh! mi querido amigo. Siéntese. Yo estoy bien de salud. Escolástica y los chiquiti-
nes no tienen novedad. El corazón me anuncia-
ba su visita y quise apresurar mi contento de
verlo:

Por eso lo he llamado á mi Despacho.

En aquel momento, el perro levantó la cabeza, abrió el hocico y lanzó aterrador ladrido.

El susto del General fué mayúsculo.

Los diecisiete empleados del Despacho, sacaron é relucir sus puñales.

Filoagudo se levantó y desenvainó su sable, dispuesto á dividir al perro en dos mitades.

El médico, sin soltar la cuerda, díjole á Filoagudo, con natural serenidad:

—General, este perro es inofensivo, ha la-
drado porque de esa manera pide permiso para
hablar.

Filoagudo envainó y se sentó.

Los empleados, también envainaron sus puñales.

—Desde cuando, amigo Doctor, hablan los
perros?

El médico, en vez de contestarle, miró al
perro. Este abrió el hocico y dijo:

—Nosotros hablamos, desde que otros perros dejaron la República en esqueleto para roerle sus huesos!......

Filoagudo hizo ademán de desenvainar su sable; pero, se contuvo, pensando rápidamente que en política, las violencias entorpecen la marcha de las buenas y de las malas causas.

—Detente;—díjole el perro—no desenvaines y escúchame para que salves tu pellejo, más amenazado que el mío. Nada significaría tu usurpación del Poder, si hubieses gobernado la República con honradez y patriotismo, colocándola en lugar preferente entre las naciones cultas del universo. Pero, sirviéndote de gente pervertida y como tú, sugestionada á la voluntad de los rebeldes del Averno, rechazaste la cooperación de los buenos ciudadanos que te habrían conducido por el sendero del honor á una gloriosa inmortalidad.

Políticamente hablando, tú, no tienes partido; y evitarás la muerte de millares de compatriotas, no oponiéndote á la Candidatura del sabio y millonario Guayaquil para Presidente de la República.

Avanzar en el camino del progreso, no es difícil, cuando se tiene inteligencia, cultura. nobleza de alma, aspiración, constancia,corazón y honor.

Guayaquil posee estas siete cualidades y con ellas contribuirá al progreso del Ecuador, al bienestar de la familia humana y á la conquista de la civilización universal.

Filoagudo se acercó al perro, le pasó la mano por el lomo, acariciándolo, y díjoles á sus empleados:

—Señores; pueden ustedes retirarse, El Doctor, el perro y yo, tenemos que hablar sobre asuntos de alta política.

Los empleados se retiraron.

Filoagudo le estrechó la mano al médico y díjole:

—Lo que no han conseguido los hombres acaba de conseguirlo este perro. Su voz ha conmovido mi corazón. No quiero guerra. Deseo la paz. La política de mi gobierno, la ha dictado mi ambición de poseer siete millones de pesos para hacerle en Europa la competencia al Doctor Rapiña. Pero, tengo ya dos millones: no quedo pobre.

—Mi querido amigo! Guayaquil es rico, bien rico: puede completarle á usted los siete millones de sus aspiraciones.

—Magnífico! Que se presente Guayaquil á mi despacho para arreglar este asunto político de tan estupenda importancia. Pero, no vendrá; está escondido; me tiene miedo!....

—Miedo? No; de ninguna manera. Voy á llamarlo. Va á venir al instante.

Sacó su cartera del bolsillo, desprendió una hoja y escribió con lápiz en ella:

«Guayaquil: estoy en el Despacho del General Filoagudo. Ven pronto. Trae tu librete de cheques—Raigones.»

Le dió á leer el papel al General. En seguida lo dobló, se lo colocó en los dientes al perro, le desató la cuerda del pescuezo y le dió una palmada sobre el lomo, diciéndole:

—Corriendo, á casa!

El perro salió á escape.

Media hora después, Guayaquil se presentó en el salón.

Filoagudo al verlo, se encaminó hacia él, le estrechó la mano, saludólo afectuosamente y le brindó asiento.

Enterado Guayaquil del objeto de su llamada, sacó de su bolsillo el librete, tomó cinco cheques, se acercó á una mesa, llenó con letras la cantidad de un millón de pesos en cada uno, los firmó y se los entregó á Filoagudo, diciéndole:

—No soy yo; es la Patria, agradecida por su paz y su progreso, la que lo premia á usted por su noble política del momento.

Filoagudo tomó los cheques y se los guardó rápidamente en su bolsillo

—Bueno;—dijo—mañana reuniré una junta de *notables* y de mis Generales, y en plena Asamblea declararé mi adhesión á su Candidatura Presidencial.

Filoagudo cumplió su palabra. Reunió la junta de *notables* y ésta convocó la Convención, con setenta y siete Senadores y setenta y siete Diputados para el día 27, la cual se inauguró el día citado y nombró á Guayaquil, Presidente de la República, extendiéndole su período á diez años, con lugar á reelección.

Los rebeldes del Averno, escandalizados, iracundos, furiosos y dados á la desesperación por la conducta de Filoagudo, vociferaban á gritos, maldiciones y mueras contra el bribón de Filoagudo, *papagayo*, inbécil, asesino de Mañoso, traidor y otros dicterios de la laya.

Restituídos á la calma, *sesionaron* y lo condenaron á la pena de muerte!

Los siete Generales, Senadores, descontentos de la alta política de Filoagudo, expiaron sus consecutivas acciones y descubrieron que había cobrados los cheques y comprado siete Letras sobre el *Banco Ibérico* de Madrid, valor de un millón de pesos cada una y preparado su fuga para la noche del día de la inauguración de la Convención.

Hecho el descubrimiento, los siete Generales salieron de Bello Edén, aquella noche, y se apostaron en una encrucijada del camino por donde indispensablemente pasaría Filoagudo, el cual, para que nadie se enterase de su fuga, ensilló por sí mismo su caballo, colocando en las pistoleras de la montura dos pistolas y armándose, además, de un afilado puñal.

Al llegar á la encrucijada, los Generales le cayeron encima con suma rapidez y siete puñaladas en el pecho, dadas á un tiempo, le quitaron la vida. Registrado por ellos el cadáver, le sacaron las siete Letras, valor de un millón de pesos cada una, y se las repartieron, siguiendo viaje á Madrid para cobrarlas.

Filoagudo había salido de Bello Edén á las ocho de la noche; y una hora después los rebeldes recibían su alma en el Averno.

El 49 de Excelso, Guayaquil prestó el juramento constitucional.

El Doctor Raigones, con su secreta habilidad de ventrílocuo, realizó esta vez la salvación de la República del Ecuador.

XI

Presidencia de Guayaquil

El 1º de Infantil de 1982, Guayaquil inauguró su Poder Presidencial, haciendo los nombramientos de los demás Poderes y de otros empleos para la buena marcha de su Gobierno: procediendo sin favoritismo; pues ninguno de ellos era su pariente ni su amigo personal. Tenían la recomendación de una buena conducta, pundonorosidad é inteligencia y ello le fué suficiente para concederles el empleo.

Los Poderes fueron conferidos á las personas siguientes:

Popular—Eliodoro Campechano.
Civil—Lisímaco Ilustrado.
Tipográfico—Gabino Luminoso.
Policía—Heráclito Templado.
Justicia—Hipólito Acertado.
Militar—Jacinto Valeroso.

El sueldo mensual de estos empleados era de novecientos pesos.

Otros empleos importantes, los distribuyó en las personas siguientes:

Director de Instrucción Pública—Cástulo Entendido.

Director de Obras Públicas—Camilo Cuidadoso.

Tesorero de Hacienda—Cirilo Incorruptible.

Administrador de Aduana—Máximo Actividad.

Administrador de Correos—Ambrosio Ligereza.

Inspector del Aseo—Próspero Limpieza.

Jefe de Estadística—Cándido Inequívoco.

Juez de Comercio—Pacífico Confianza.

Juez de Industria—Lorenzo Emprendedor.

Juez de Agricultura—Rómulo Productivo.

El sueldo mensual de estos empleados era de setecientos pesos.

Guayaquil estaba de acuerdo con los mejores tratadistas de Economía Política, comprobando que la prosperidad de un país, dependía en mucho de los buenos sueldos pagados á sus empleados, suficientes á llenar sus necesidades, alejando así de ellos la rapiña y estimulándolos al mejor cumplimiento de sus deberes.

La residencia del Gobierno, en Bello Edén, estaba en el barrio central, con un millón de habitantes. Los seis barrios restantes, divididos por una gran Avenida de cien metros de ancho, cada una tenía un poco más de setecientos mil habitantes.

Las Avenidas comenzaban en la primera manzana del Malecón, de Este á Oeste, en toda su extensión de siete millas, terminando en el *Salado*, pequeño brazo de mar á espaldas de la ciudad. Sus nombres eran, *Avenida de las Dia-*

melas, de las *Violetas*, de las *Azucenas*, de los *Jazmines*, de las *Rosas*, de los *Claveles* y de los *Laureles*.

Sin dejar de atender la prosperidad y embellecimiento de las diversas poblaciones de la República, Guayaquil puso todo su esmero en darle á Bello Edén la supremacía entre todos los países del universo.

En efecto; el noveno año de su Presidencia, Bello Edén era la ciudad más poblada ó importante del mundo.

Todas las calles de la ciudad estaban canalizadas y empedradas. Todas las casas y edificios públicos, tenían desagües, tuberías de fierro para el agua del consumo diario y para el socorro, en los casos de incendios, en pozos dotados de los respectivos aparatos, movidos por la electricidad; luz eléctrica, baños, excusados y teléfonos.

Los nombres de las calles estaban sustituídos por otros, apropiados á la civilización de la época.

El Malecón, en su extensión de siete leguas, tenía setenta metros de ancho y estaba embellecido, de trecho en trecho, con jardines de vistosas y fragantes flores y estatuas de personajes célebres.

Cada barrio contenía siete grandes Teatros y veinte pequeños, pues el pueblo ya no gustaba de los títeres ni de las maromas: se deleitaba más con los dramas y las comedias.

También había en cada barrio, seis Colegios y sesenta Escuelas para varones y mujeres, un Hospital de Caridad, una Casa de Beneficencia, un Asilo de Mendigos, uno de Huérfanos y Expósitos, una Universidad, un Manicomio, un Museo de Pinturas, un Jardín Zoológico, siete Bibliotecas, cinco Plazas de Mercado, cuatro

Muelles, un Observatorio Astronómico, un Templo consagrado á una de las divinidades, veneradas y adoradas por sus atributos. Varias Estaciones de ferrocarril, pertenecientes á diversas Empresas y una Central del ferrocarril universal, cuyo principal accionista era Guayaquil. Además, muchos otros edificios y establecimientos de reconocida utilidad pública.

Sin embargo de este visible progreso, aplaudido por todo el mundo, Guayaquil no estaba aún satisfecho de sus obras. Deseaba todavía embellecer más á Bello Edén y al mismo tiempo establecer en otras ciudades del universo, reformas y mejoras que les eran necesarias.

Leunam por su parte había contribuído en mucho al embellecimiento de Bello Edén. Cuatro Casas de Beneficencia, cuatro Colegios, cuatro Escuelas de Artes y Oficios, un Observatorio Astronómico, dos Teatros y cuatro Bibliotecas, eran obras suyas, costeadas con su dinero y obsequiadas al Gobierno.

Leunam se conquistó así, en vida, el honroso título de Filántropo.

Además, los legados anotados en su cartera, fueron realizados por él mismo al siguiente año de su llegada á Bello Edén.

La canalización y el empedrado de la ciudad, con un costo de cinco mil millones de pesos, la hizo Guayaquil, obsequiándole aquel beneficio á la nación.

El Doctor Raigones, hacía cinco años que hubo descubierto la vacuna y en el tiempo transcurrido le dió los resultados apetecidos: desapareció la viruela y los niños crecían sanos y robustos. Por este gran beneficio, se conquistó el renombre de Benefactor.

Guayas también se hizo acreedor á la gratitud universal. En 1985 descubrió en las vegas de Chirijo el *tabaco*, con cuya hoja inventó el *cigarro*. Puesto en uso inmediatamente, se generalizó en menos de dos años en todo el mundo. Ricos y pobres se deleitaban fumando y echando humo.

Los grandes y los pequeños descubrimientos é inventos, surgen en el pensamiento, tras la idea innata en el cerebro de la especie humana. Así, el deseo de viajar en globo por los aires, permitió, en tiempos remotos, hacer algunos ensayos, pero sin resultados buenos por la dificultad de darle *dirección* al aparato.

Tocóle á Guayaquil, estando en París, acertar, es decir, darle *dirección* al globo, movido por la electricidad. La dirección consistía en darle al aparato la figura de un pájaro, agregándole al globo, cola, dos alas, pescuezo y cabeza de águila: he allí el secreto.

Vendido por Guayaquil el privilegio á una Empresa, en poco tiempo los viajes en globo se generalizaron en todo el universo, pero sin conseguir la competencia con los ferrocarriles, debido al crecido costo de cada aparato.

El globo más grande que se conocía, tenía capacidad sólo para diez personas y su potencia eléctrica no le permitía elevarse, con un peso de veintisiete quintales, más allá de setenta mil metros.

Don Liborio Cascarilla compró en París, en 1988, uno de estos globos, dando por él la suma de un millón de pesos. Se embarcó con su hija Cora y dos pajes de su servidumbre, y emprendió viaje de recreo á diversos países de los cinco Continentes.

En cosa de dos años, visitó más de treinta ciudades, deteniéndose en cada una de ellas el tiempo que á Cora le bastaba para conquistar algún entusiasta admirador de su belleza, con el cual coqueteaba, dándole luego por algún otro, tremendas calabazas.

Su índole voluble, originaria de su coquetería, no había desaparecido en ella.

Sin embargo; amaba hasta el delirio y aborrecía hasta el crimen á Guayaquil.

Cuando pensaba en la arrogante figura del joven, su talento y fama de sabio, lo adoraba. Cuándo recordaba que la había ofendido, dándole á conocer el retrato de *su fiel Laura*, lo sentenciaba á muerte.

El 16 de Vigoroso de 1990, á las siete de la noche, llegó con su globo á las inmediaciones de Bello Edén. Dejó el aparato al cuidado de los dos pajes y se dirigió con su padre á la ciudad.

Allí supieron que Guayaquil estaba en la casa con Laura. Quil y Natalia; pero Guayas, Leunam y Raigones habían salido el día anterior para Chirijo, al ensayo de un nuevo descubrimiento hecho por Guayas.

El descubrimiento consistía en una *tinta indeleble*, extraída de la pepa del aguacate, propia para marcar ropa blanca.

Tomados estos informes, Cascarilla y Cora regresaron al globo y se elevaron. Habían proyectado ir á Chirijó, conducir con engaño al globo á los tres personajes y llevarlos al patio de un Manicomio de Madrid, para que los tomasen por locos y los encerrasen en una celda. De este modo, Guayaquil y Laura tendrían motivos de sufrimientos y dolores que los llevarían al sepulcro.

A las dos de la tarde se puso el globo á corta distancia de la hacienda y fué visto por Leunam, Guayas y el médico, los cuales bajaron de la casa y se situaron en una plazoleta inmediata para verlo mejor.

El globo, de repente hizo una evolución, rápida, y desendió hasta la plazoleta, llegando á tierra y quedándose inmóvil.

Los tres amigos se acercaron, y en aquel momento se obrió la puerta del globo, se presentó un señor anciano y les dijo:

—Ah! señores, acérquense; vengo desde Pekín con mi hija para Bello Edén; hace cosa de una hora que un repentino ataque la tiene postrada; la fiebre es atroz. Hay por aquí algún médico que pueda salvarle la vida? Ah! yo creo que mi hija se muere!......

—Señor,—díjole Raigones—yo soy médico, veré los grados de fiebre de la enferma y la curaré.

—Oh! gracias, Doctor. Señores entren ustedes.

Los tres personajes y Cascarilla, entraron en el globo.

—Tomen ustedes asiento; y usted, Doctor, acérquese, aquí está la enferma. No me oculte usted la gravedad......no me la oculte!

Cora estaba acostada en un pequeño sofá, arropada con una manta y fingiendo estar medio aletargada.

El médico se acercó á ella, le tomó el pulso y después de un momento dijo:

—Nada; treinta y siete pulsaciones; no hay gravedad. Con todo, las fiebres constituyen generalmente los primeros síntomas de una enfermedad.

El letargo ha sido producido por la violencia de una excitación fuerte de los nervios.

Dos gotas de panacea azul, bastarán para que vuelva en sí. Después le daremos una cápsula de sulfato de quinina, maravilloso medicamento descubierto por el sabio Don Liborio Cascarilla de París.

Cascarilla, al oir pronunciar su nombre, se sonrió imperceptiblemente.

El médico continuó:

—En mi maleta tengo los medicamentos. Voy por ellos. Regreso inmediátamente.

Y salió de prisa, como lo requería el caso.

En aquel momento, el globo dió una fuerte sacudida, se elevó rápidamente sobre la hacienda á una altura de setecientos metros y se detuvo.

Al grito que lanzaron sus amigos, al fugar el globo, Raigones se quedó estupefacto. Vuelto en sí, comprendió que habían caído en una celada.

—Oh! mis amigos,—dijo—van á ser víctimas de aquellos infames!

Leuman recuperó la calma, en pocos momentos.

En Guayas, no sucedió lo mismo. Tenía en su delante, reconociéndolos, á Cascarilla y á Cora, amenazantes.

—Cascarilla!.....Cora! .....la loca!.....—exclamó y dió un paso hacia ellos, añadiendo:

—Qué significa esto? Por qué proceden ustedes de esta manera?.....

Cora, contestó:

—Porque yo me fingí loca; y los locos son ustedes, escapados del Manicomio de Madrid. Allá los vamos á conducir á sus respectivas celdas. Por lo pronto, tomen asiento. Aquí, toda tentativa de fuga es imposible y peligrosa... Antes de ir á Madrid, vamos á contemplar por última vez la hermosa ciudad de Bello Edén.

Se le dió al globo la dirección indicada y en menos de siete minutos fué colocado á una altura de trescientos metros, sobre la casa del cerro de la gruta de oro.

Guayas se asomó, vió la ciudad y su casa y sintió en todo su sér un movimiento convúl-

sivo, acompañado de un calor febricitante que
le invadió el cerebro. En seguida, se arrojó sobre el aparato eléctrico que le daba movimiento
al globo y lo rompió.

Aquello fué rápido. El Globo cayó y se
estrelló sobre el empedrado de la calle, frente de
la casa, quedando tendidos en el suelo seis cadáveres.

El gentío que acudió al sitio de la catás-
trofe, fué inmenso.

Guayaquil, al ruido que hizo el globo al
caer, se asomó, vió los cadáveres, bajó de la casa
y se acercó á ellos.

Al reconocer á su padre y á Leunam, lanzó un grito y exclamó:

—Leunam y mi padre!—Y tomó el cadáver de éste, lo abrazó y le dió un beso en la
frente, haciendo lo mismo con el de Leunam.
Después, miró los cuatro cadáveres restantes y
dijo:

—No los conozco.

El cadáver de su padre y el de su amigo,
fueron conducidos al salón de la casa.

Los otros, juntamente con un poco de ropa
y varios papeles, diseminados, fueron recogidos
y llevados á una habitación de la misma casa,
en la planta baja, hasta identificar sus personas.

En el momento en que acabaron de colocar
los dos cadáveres en el salón, Guayaquil fué
llamado por teléfono y se puso al habla con el
Doctor Raigones. Este le dió detalles sobre la
fuga del globo y rapto de Guayas y Leunam.

Guayaquil, le contestó:

—Mi padre y Leunam están aquí. Venga
usted inmediatamente.

Raigones se embarcó al instante en una canoa
de montaña, movido por un aparato eléctrico, y
en menos de catorce minutos llegó á Bello Edén

Al ver los cadáveres de sus amigos, se quedó estupefacto. Reanimado, exclamó:

—No han querido mi muerte! Aquellos malvados, me dejaron salir del globo para asesinar á mis amigos!

Abrazó á Natalia, á Quil, á Laura y Guayaquil y se cubrió el rostro con ambas manos, empapándolas con su copioso llanto.

Guayaquil bajó á la habitación, en donde estaban los cuatro cadáveres desconocidos. Tomó vários papeles, los leyó y palideció al ver en uno de ellos el nombre de Cora. Arrojólos al suelo, se acercó, miró detenidamente los cadáveres, reconoció á Casonrilla y á su hija y se acordó del billete aquel, amenazante, en el cual le decía: *!Dolor por dolor! ¡Guerra á muerte!*

—Desgraciada! Te perdono!—dijo y salió de la habitación.

Por la mañana del siguiente día, conducidos los cuatro cadáveres al cementerio, en una carreta, fueron sepultados en una sola fosa.

Embalsamados los cadáveres de Guayas y Leunain, y anunciado su entierro para las dos de la tarde, un momento antes, cada ataúd fué colocado en lujosa carroza, artísticamente adornada con siete mil coronas de flores, naturales y artificiales, con sus respectivas tarjetas de condolencia.

Emprendida la marcha al cementerio, las carrozas fúnebres fueron seguidas de gran número de carros, con un acompañamiento de setecientas mil personas de alta clase social, setecientas mil de la clase media y setecientas mil de personas del pueblo.

Toda la República vistió de luto, durante siete días.

Las demás ciudades del universo, informadas por telégrafo del desgraciado suceso, también guardaron siete días de duelo, como demostración de verdadera condolencia por la pérdida de tan esclarecidos Benefactores.

Sobre la losa de cada tumba se grabó la siguiente inscripción:

GUAYAS	LEUNAM
17 de Vigoroso	*17 de Vigoroso*
1990	1990

Terminado el duelo en la República del Ecuador y en todo el Universo, los Gobiernos y la sociedad continuaron sus tareas de progreso y bienestar social.

Después, á fines de aquel año, el afamado escultor nacional, Benvenuto Buriles, reputado el mejor del mundo, concluyó en Bello Edén catorce estatuas, siete de Guayas y siete de Leunam, cuya erección estaba fijada para el 17 de Vigoroso de 1991, en las siguientes ciudades: Bello Edén, París, Londres, Quillota, México, Jackson y Pekín.

Llegado el citado día, las estatuas fueron erigidas, solemnemente, en los países mencionados.

En Bello Edén, las estatuas fueron colocadas en el Malecón del barrio central.

Aproximándose la fecha de la cesación de su período Presidencial, Guayaquil expidió el decreto de ley, convocando la Convención para el día 27 de Excelso, la cual debería nombrar el nuevo Presidente de la República. En el decreto añadió que el Gobierno no proponía *Candidato oficial*, porque aquello, además de desvirtuar la esencia fundamental del sistema republicano, atropellaba la voluntad popular y le daba á la República visos de tiranía.

Esta noble conducta de Guayaquil, fué aplaudida é imitada universalmente; y ella contribuyó á la reelección de los Presidentes para el nuevo período, en todas las Repúblicas de los cinco Continentes.

Guayaquil, pues, fué reelecto Presidente de la República del Ecuador, y el 49 de Excelso prestó el juramento Constitucional.

XII

¡CATACLISMO!

Despuntó la aurora del 1º de Infantil de 1992, primer día de la reelección Presidencial de Guayaquil; y el ruido atronador de las salvas de setenta cañonazos, descargas de fusilería y cohetes chinos, retumbó en los espacios hasta perderse más allá de las fronteras de lo infinito.

Los empleados del nuevo Gobierno fueron los mismos; pues Guayaquil no era partidario de la alternabilidad de empleados, en los principales ramos gubernativos, ya por los conocimientos que se adquieren con la práctica, ya porque juzgaba temeraria é injusta la remoción de personas, cuya conducta era digna de las mejores recomendaciones.

Reelegido por la votación popular de más de dos millones de sufragantes y felicitado por más de setenta millones de personas de los cinco Continentes, admiradoras de su talento y dotes administrativas, puso todo su poder de genio é ingenio en embellecer aún más á Bello Edén, haciendo extensivos en todo el Universo los elementos de progreso y de civilización, conquistadores de la completa felicidad del género humano.

Así, para Bello Edén, en siete años más, realizó las siguientes cosas.

Perfeccionó las Leyes, mejoró la Hacienda Pública, organizó todos los ramos administrativos del Gobierno, embelleció la ciudad con nuevos y suntuosos edificios para Universidades, Colegios, Escuelas, Bibliotecas, Museos, Pasajes, Mercados, Camales, Muelles, Teatros, Imprentas, Parques, Jardines públicos, Empresas de Ferrocarriles, de Globos aéreos, de Telégrafos y de Teléfonos.

Protegió las Ciencias, las Artes, la Literatura, las Industrias, el Comercio y la Agricultura.

La prensa libre, moral é ilustrada, publicaba siete mil *Diarios*, tres mil *Semanarios* y dos mil *Revistas* mensuales.

Las locomotoras, los carros urbanos, los carruajes y toda clase de vehículos, eran movidas por grandes y pequeños aparatos mecánicos eléctricos.

Las cosechas de piñas, aguacates y cocos de Chirijo, habían atraído considerable número de inmigrantes y el censo de aquel año, 1998, le dió á Bello Edén un total de seis millones y setecientos mil habitantes.

Fundó dos ciudades para perpetuar la memoria de sus dos tíos fallecidos en 1994. La ciudad de Quito la fundó al pie del volcán Pichincha y la de Ambato, cerca del pueblo de Atocha.

Extirpó las epidemias con su panacea azul y de esta manera le dió larga duración á la salud humana.

Estableció la paz, imperecedera, y de este modo inutilizó la guerra.

Llenó de satisfacción la vida y redujo á la impotencia á los rebeldes del Averno.

A principio de 1999, inauguró con toda pompa en Bello Edén, catorce estatuas de celebridades contemporáneas: siete en las Avenidas y otras siete en el Malecón.

En el primer barrio inauguró la estatua de Don Miguel Quijote, militar y escritor, autor de una novela, inimitable.

En el segundo, la de Don Emilio Casto Telar, político, literato y orador eminente.

En el tercero, la de Don Julio Viernes, geógrafo y sabio, autor de setecientas novelas científicas.

En el cuarto, central, la de Don José Joaquín Modelo, poeta clásico sublime, autor de un canto épico, descriptivo, de las heroicidades guerreras del General Simón Libertador.

En el quinto, la de Don Juan Montado, célebre literato, el más fecundo de los escritores del Universo, autor de la inmortal obra *Siete Retratados*.

En el sexto, la de Don Alejandro Plumas, novelista insigne y autor dramático.

En el sétimo, la de Don Alvaro Planeta, sabio astrónomo, descubridor de una Luna en la constelación boreal de la Ora Mayor.

La estatua de Don Juan Cacao, inventor del

chocolate, fué inaugurada en la Avenida de las Diamelas.

La de Don Gil Fogones, inventor de las *empanadas,* en la Avenida de las Violetas.

La de Don Fermín Yucal, inventor del *al-midón,* en la Avenida de las Azucenas.

La de Don Gregorio Tuétano, inventor de los *fósforos,* en la Avenida de los Jazmines.

La de Don Adolfo Rápido, inventor de la *bicicleta,* en la Avenida de las Rosas.

La de Don Rufino Culley, inventor de *jaulas pajareras,* en la Avenida de los Claveles.

La de Don Tácito Soplado, inventor del *abanico,* en la Avenida de los Laureles.

Los rebeldes del Averno, reducidos á la impotencia por el impulso civilizador de Guayaquil, no sólo en Bello Edén sino en todo el universo, apenas salían una que otra vez de su Continente. Corridos, humillados, avergonzados, pálidos, escuálidos y hambrientos por la escasez de almas para su cotidiano alimento, vida llevaban irritantes y desesperada.

Con tal motivo, después del sétimo día de la inauguración de las estatuas, Satanás dió un salto, se plantó delante de sus compañeros y les dijo:

—Ilustres Camaradas! Pido sesión para que acordemos, en definitiva, tremendo castigo contra ese poderoso Guayaquil, cuya ciencia y riquezas, influjo y apoyo universal, nos está ya perjudicando demasiado.

Y diéronse á *sesionar.*

—Bueno,—dijo Luzbel—tú, que propones sesión, debes ya tener combinado algún plan, proveniente de proyecto meditado y estudiado.

—Lo tengo—respondió Satanás—y es el siguiente:

Tú, Luzbel, te encargarás de minar el Continente Austral y le pondrás dinamita en cantidad suficiente para que vuele y desaparezca.

Barrabás, Belcebú, Diablo y Demonio, harán igual cosa con los Continentes Inca, Asia, Africa y Europa.

Tú, Lucifer, destruirás las siete maravillas del Universo.

Yo me encargaré de darle el golpe de gracia á la humanidad que queda viva, ofuscándole la memoria.

—Bien! Bravo! Magnífico! Tu vasto plan abarca un Cataclismo! Lo aceptamos.

Y salieron del Averno, á escape, á poner en ejecución los trabajos preparatorios del satánico Cataclismo!

En la mañana del 7 de Festivo del año 2.000 de la Creación, Guayaquil tomó su libro de apuntes, examinó el *debe* y el *haber* y dijo:

—Me quedan cinco mil millones de pesos. He gastado treinta mil en beneficio del Universo. Estoy contento, satisfecho por esta parte, pues Bello Edén tiene siete millones de habitantes y es la ciudad más importante del mundo. Su moralidad, orden, alegría, riqueza, paz, virtudes cívicas y patriotismo, la colocan en el primer lugar entre todas las ciudades del universo. También soy dichoso, respecto de mi familia. Tengo una madre adorada, una esposa idolatrada, siete hijos varones y siete hijas mujeres que embellecen mi hogar. Parientes y amigos que me quieren con lealtad.

Los catorce hijos de Laura, mellizos, nacidos en siete partos, también hablaron al nacer, es decir, los hizo hablar su abuelo el ventrílocuo Raigones. Particularidad que ya no llamó la atención, juzgándola hereditaria, pues sus padres Guayaquil y Laura, como recordará el lector, también hablaron al nacer.

Los dos mellizos primeros, pidieron llamarse Vinces y Baba; los otros, sucesivamente, Palenque y Puná, Yaguachi y Posorja, Samborondón y Taura, Balao y Machala, Chanduy y Pimocha, Morro y Daule.

Después de una breve pausa, Guayaquil añadió:

—Sin embargo, todavía quisiera hacer más en provecho de la humanidad.....

En aquel momento se presentó Raigones, acompañado de un caballero francés, comisionado para prevenirle á Guayaquil la próxima llegada á Bello Edén de los cuarenta y ocho Presidentes de las Repúblicas de los cinco Continentes, acompañados de sus esposas, hijos é hijas, empleados civiles y militares de alta graduación, miembros de sociedades científicas, artísticas y literarias, en una totalidad de siete mil personas, y cuyo viaje tenía por objeto, saludarlo, conocer la preciosa ciudad y deleitarse contemplando sus dos maravillas: el *Chimborazo* y el *Jardín fluvial* en el fondo de las cristalinas aguas del río *Edénico*.

Guayaquil quedó sumamente complacido con el aviso, é inmediatamente impartió las respectivas órdenes para que fuesen recibidos los visitantes, con la pompa y magnificencias requeridas por el caso.

Veinte días después, esto es, el día 27, las siete mil personas anunciadas llegaron á Bello Edén y fueron recibidas espléndidamente. Desde aquel momento comenzaron las festividades, con regocijos públicos en variedad de espectáculos.

Los visitantes recorrieron la ciudad, ascendieron al Chimborazo hasta una altura considerable y se pasearon en lujosas embarcaciones sobre las cristalinas aguas del río Edénico, has-

ta saciarse, contemplando el bellísimo Jardín
fluvial.

Transcurrido diez días más, levantaron en
el Malecón un gran tablado, con capacidad para
setenta personas, comisionadas de conducir allí
á Guayaquil para darle la sorpresa de su apo-
teosis en vida, ciñéndole la frente con una co-
rona de oro de mirtos y laureles, dignamente
merecida por sus trabajos civilizadores universales.

Los comisionados, pues, condujeron á Guayaquil al tablado y lo coronaron en presencia
de cuatro millones de espectadores. Aún más;
no contentos con aquel homenaje, pidieron que
la ciudad de Bello Edén tomase desde aquel
momento el nombre de CIUDAD DE GUAYAQUIL,
puerto principal de la República del Ecuador.

Las voces de cuatro millones de personas
aplaudieron la petición.

Guayaquil estaba aturdido. Pero, su modestia, no tenía fuerza suficiente para oponerse
á tan honrosa cuanto formidable petición.

Así, reanimado, con voz fuerte exclamó:

¡Viva la República del Ecuador! ¡Gloria
eterna para tí, bella CIUDAD DE GUAYAQUIL!

Transcurridos siete minutos, violento sacu-
dimiento terrestre, universal, acompañado de
ruidos subterráneos espantosos, llenó de horror á
todos los habitantes del mundo.

La ciudad de Guayaquil se hundió á setenta metros de profundidad. En seguida, lluvia
copiosa de tierra arcillosa llenó aquel vacío, de-
jando visible una extensa sabana.

El Chimborazo también se hundió, hasta más
de la mitad.

Las aguas cristalinas del río Edénico, quedaron turbias.

El *árbol cocinero,* en el Perú, fué arrancado de raiz y arrojado á setenta metros de distancia.

La *Catarata* del Niágara, quedó reducida á la sétima parte de su tamaño.

El mar *Pacífico*, se cubrió de olas embravecidas y borrascosas.

Nubes espesas y negras invadieron las esferas celestes de París y de Pekín y desaparecieron los *arco-iris* y la *aurora boreal*.

El Continente Austral se hundió, quedando en su lugar un vasto océano sembrado de millares de islas.

Todo el territorio de Atlántida también se hundió y su lugar quedó convertido en otro océano, de oleajes encrespados y embravecidos.

Los cinco puentes que unían los Continentes desaparecieron, dejándolos separados unos de otros por enormes distancias.

Por último, el trastorno de la especie humana, universal, fué tan tremendo y fatal como el de la naturaleza terrestre: los seres que quedaron con vida, perdieron completamente la memoria.

Así, pues, el triunfo de los rebeldes del Averno, enemigos de Dios y de los hombres, túvo por origen el éxito del realizado Cataclismo!

XII

Conclusion.

Despúos do mucho tiempo, esto es, en el año de 1535 del siglo XVI de la Era Cristiana, el *Cerro de la gruta de oro* se llamó *Colina de Santa Ana* y al pie de ella, el español Sebastián Benalcázar, fundó la ciudad de *Guayaquil*, conmemorando el nombre del fantástico y célebre personaje, hijo de *Guayas* y de la bella *Quil*, citados en este libro.

FIN

INDICE

———

"GUAYAQUIL"

Obras de autores iberoamericanos reeditados
por la editorial Libros Mablaz

CLÁSICOS DE CIENCIA FICCIÓN

LA CAÍDA DEL ÁGUILA

Carlos Gagini

PRÓLOGO DE RICARDO MUÑOZ FAJARDO:
UNA RAREZA, LA CIENCIA FICCIÓN CENTROAMERICANA

CLÁSICOS DE CIENCIA FICCIÓN

EL HOMBRE ARTIFICIAL

HORACIO QUIROGA

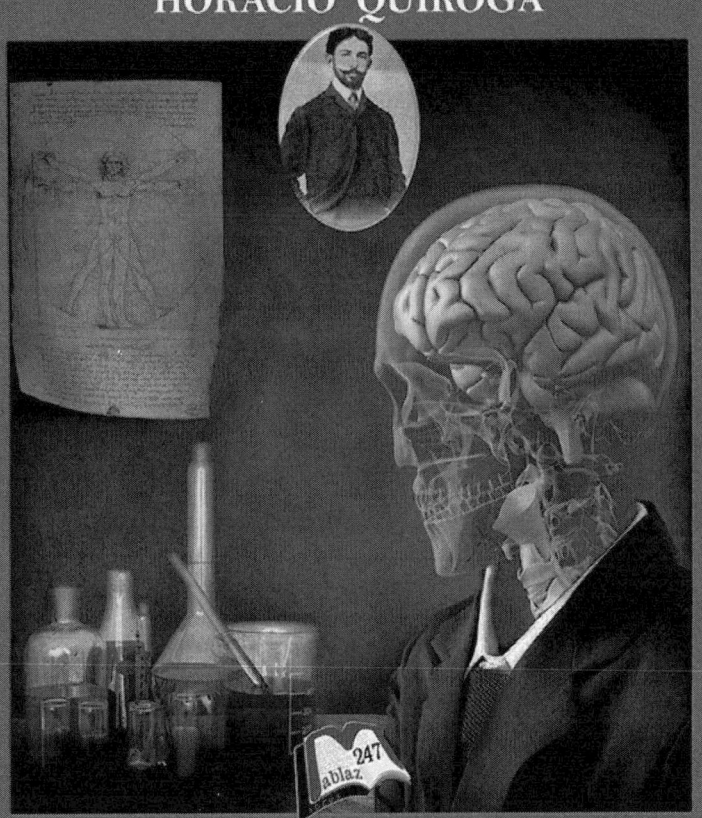

EL HOMBRE ARTIFICIAL

HORACIO QUIROGA

247

PRÓLOGO DE RICARDO MUÑOZ FAJARDO:
OTRO PROMETEO MODERNO

Obras de autores iberoamericanos programados par ase
reeditados por la editorial Libros Mablaz
—Las portadas serán propias—

EL
ENEMIGO

EFRÉN
REBOLLEDO

Eduardo Blanco

Vanitas
vanitatum

Fundación Editorial

el perro y la rana

MISIÓN
cultura · Venezuela
¡Corazón adentro!

COLECCIÓN
Páginas Venezolanas
· Clásicos

DESDE JUPITER

NOVELA ORIJINAL

ESCRITA POR

SAINT PAUL.

Ha publicado una segunda e (1887) bajo el nombre del autor Francis Miralles.

SANTIAGO.

IMPRENTA I LITOGRAFIA. DE EL PAIS.

1877.

Ciencia Ficción Ecuatoriana

LA RECETA.

POR FRANCISCO CAMPOS

Relación fantástica.

AURELIO NOBOA.

DOS VUELTAS EN UNA

AL REDEDOR

DEL MUNDO

VIAJE IMAGINARIO
EN SENTIDO OPUESTO AL MOVIMIENTO DE ROTACION

POR

ABELARDO ITURRALDE G.

QUITO — 1899

Imprenta de la Universidad Central, por J. Sáenz R.

JUAN LEON MERA

MIEMBRO CORRESPONLIENTE QUE FUÉ DE LA REAL ACADEMIA ESPAÑOLA

~~~~~~~~~

Tijeretazos

y plumadas

ARTÍCULOS HUMORÍSTICOS

Precedidos de una CARTA-PRÓLOGO

DE

DON JOSÉ DE ALCALÁ GALIANO

Conde de Torrijos.

———————※———————

MADRID

EST. TIP. DE RICARDO FÉ

Calle del Olmo, núm. 4

1903

La doble y única mujer, Pablo Palacio. Año: 1927

DEMETRIO AGUILERA MALTA

NO BASTAN LOS ÁTOMOS
DIENTES BLANCOS

CASA DE LA CULTURA ECUATORIANA

Simón
el mago

carlos béjar

portilla

osa
mayor

cuentos   carlos   béjar portilla

carlos béjar portilla

samballah

Alicia Yánez Cossío

El beso
y otras fricciones

Escritora ganadora del premio francés 1996 a la
mejor novela hispanoamericana escrita por una mujer

CUENTOS
EDITORIAL OVEJA NEGRA

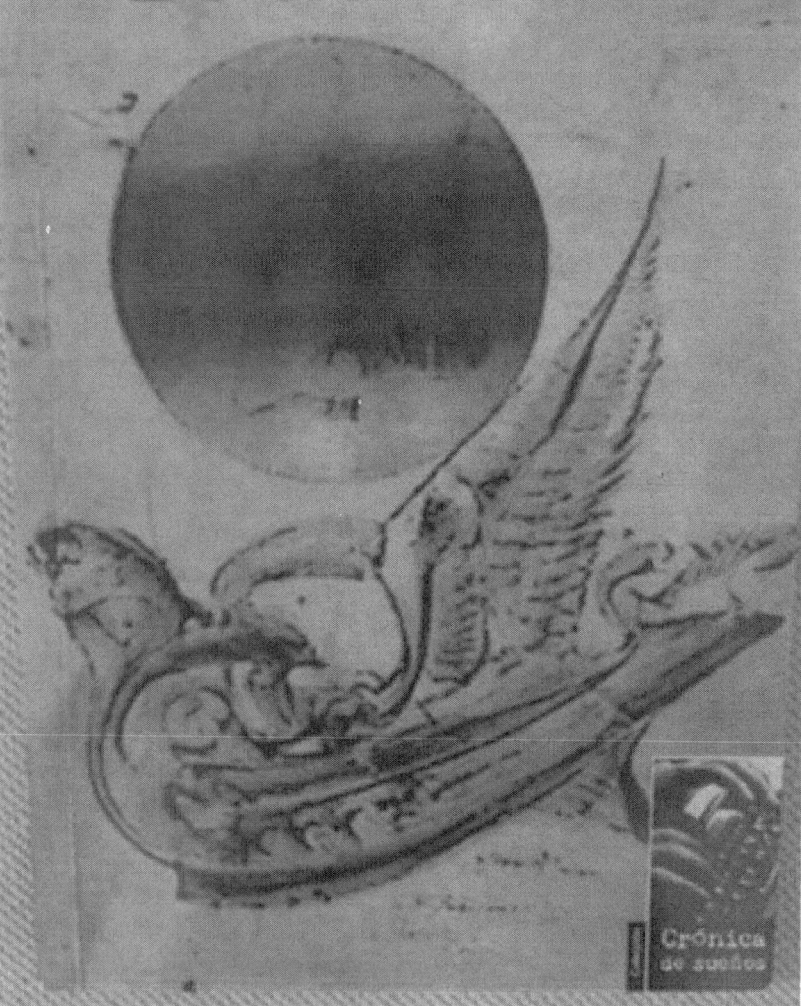

Abdón Ubidia

Divertinventos

Crónica
de sueños

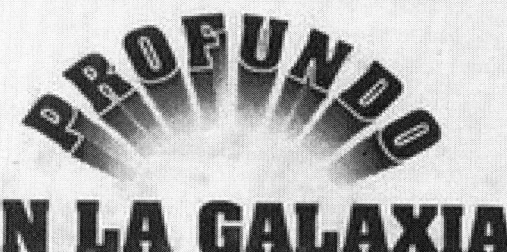

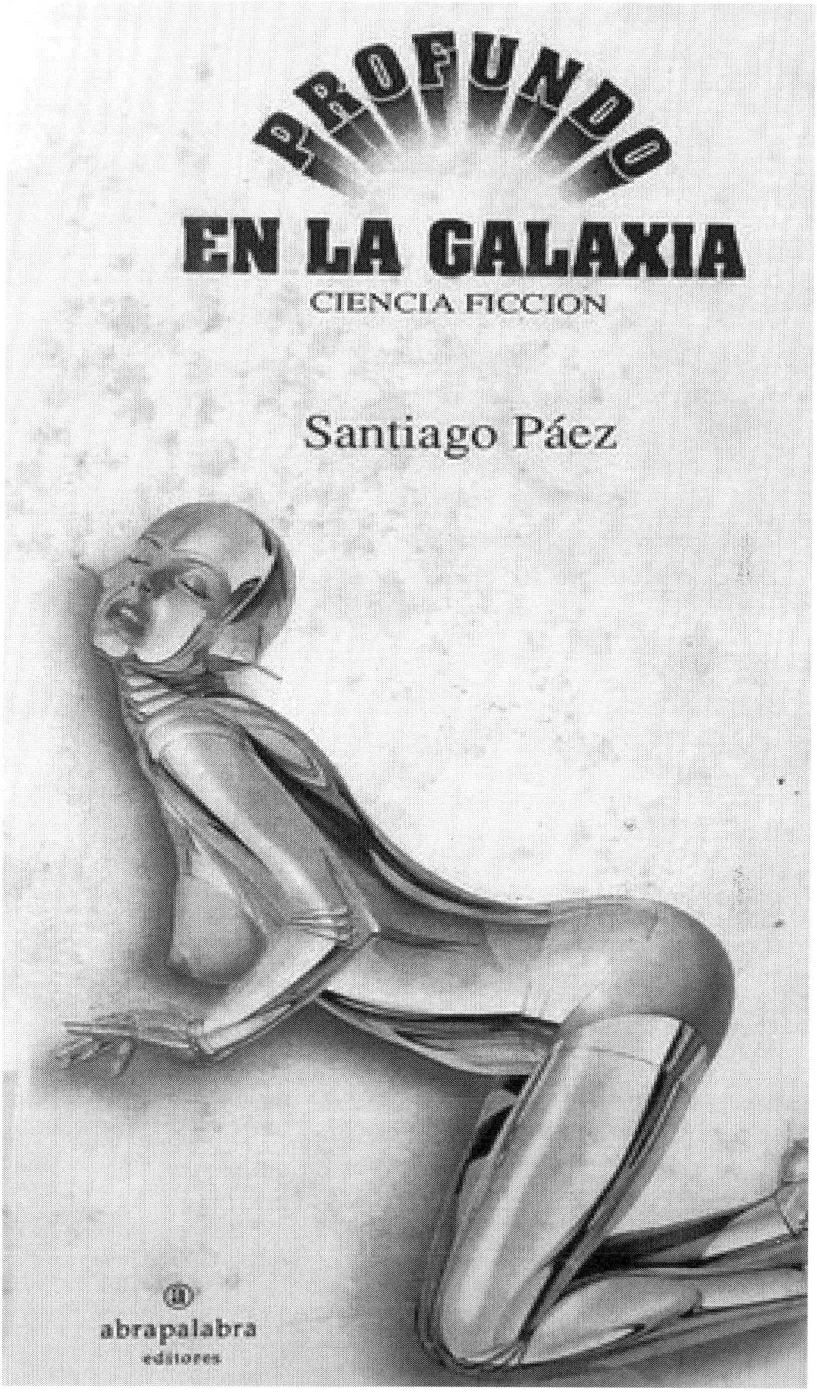
PROFUNDO
EN LA GALAXIA
CIENCIA FICCION
Santiago Páez
abrapalabra
editores

Ecuatox®

Santiago Paéz

CIENCIA FICCION

LA
ERA
DEL
ASOMBRO

Fernando Naranjo Espinosa

abrapalabra
editores

Cuídate de las
CORIOLIS
DE AGOSTO

Fernando Naranjo Espinosa

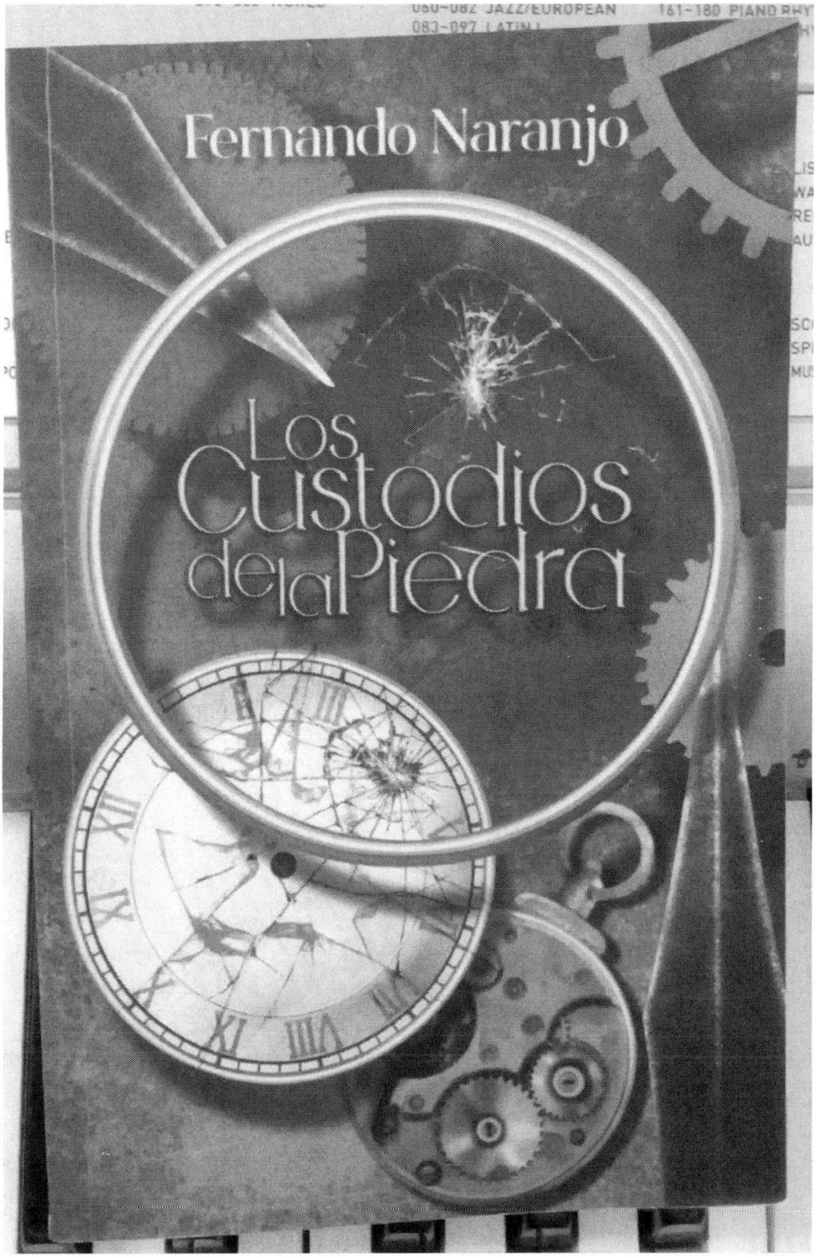
Fernando Naranjo
Los Custodios de la Piedra

Premio
La Linares 2020

Firmamento

Esa noche William Mac Brazel estaba inquieto. Inquieto, como ese zorro rojo del desierto que divisó antes de regresar a casa; en la tarde. Corría con los ojos cerrados, olfateaba en círculos, había sido sorprendido por un viento

Hans Behr Martínez

luna de bolsillo

Hans Behr: *Firmamento* (2020, no citado en el prólogo)

PAÚL PUMA

MICKEY MOUSE
A GOGO

Paúl Puma: *Mickey Mouse a gogo* (2020, no citado en el prólogo, teatro)

Libros Mablaz

Ciencia Ficción y Fantasía

http://librosmablaz.com/

Libros Mablaz CLÁSICOS de Ciencia Ficción recuperados

LM
CLÁSICOS

http://librosmablaz.com/

Libros Mablaz

Narrativa — Relatos

/www.librosmablaz.com/